万葉への架け橋

日本の歌を学ぶよすがに

丸田　淳

錦正社

序に代へて

我が国最古の歌集である『万葉集』は、二十巻から成り四千五百十六首が収録されて居り、いづれも当時の生活を反映し純粋で真実性を持ち生命感にあふれるものであつて、千数百年を隔てたものでありながら、それに接する者の魂をゆり動かさずに置かない。それはひとり文学史上といふにとどまらず我が国の歴史の上に永遠に光彩を放つ古典中の古典としての地位を占めるものである。我が国の誇るべき偉大なる文化遺産そのものに他ならない。

『万葉集』は単純ではなく奥行きが深く重量感にみちてゐて取り上ぐべきことは際限なく多い。ここでは万葉集を学ぶ上で心得て置くべき特性に限つて一言して置きたい。

特性として第一に指摘すべきことは、いふまでもないが、作者の層が上は天皇から下は名もない民に至るまで各界各層にわたつてゐることである。天皇・皇后・皇族・貴族・官僚・僧侶・農民・漁民・遊女等の人々の歌が収録されてをり、まさしく国民的歌集の名にふさはしい体をなしてゐるのである。

第二には、歌の製作年代が一部を外にして凡そ百三十年といふ長期にわたることである。

しかしてその年代は大化の改新（六四五）から始まる中央集権的律令国家の建設への努力、それの完成、さらには衰弱の兆しがみられる奈良時代末期に及んでゐて、しかもさうした歴史の展開と深いかゝはりを持つた歌が数多く存在することは注目されなければならない。

第三には、歌に詠まれた地域が大和を中心として当時の国家の勢力が及んだ全国各地にわたつてゐることである。即ち近畿一円・山陰・北陸・東北・四国・九州とその範囲は広大である。

第四には、日本のうたが長い集団的口誦の時代である歌謡の時代（古事記・日本書紀に見る歌謡の世界）を経て、個性的な創作和歌が誕生し、成長し、さらには成熟してゆく全過程をその中につつみ込んでゐることを挙げなければならない。

集団性・歌唱性あるいは会話性を持つ口誦（承）文学としての歌謡に対して、個としての人間の心を表現し、記述性・複雑性さらには著しく文学性を持つものとしての和歌への展開が見られるのである。さらに言へば集団から個人へと目覚めてゆく過程を示す時代の歌を含んでゐるといつてよいであらう。

第五としては、散文を国語でつづるまでに至らなかつた当時においては、ひたすら和歌を心情表現の手段として用ひ、さうした歌が主流となつてゐることを指摘しなければならない。それ故に歌は父祖たちの生の声であり、直接的な生活の表白であつて、従つてそれらの歌は生活的・現実的・具体的・直接的であり、真実にみち生命感にあふれてゐることに特質がある。

第六としては、平安時代から鎌倉時代にかけて形成された新しい文学形態である説話・歌物語・日記・随筆或は連歌・俳諧歌などの芽ばえといふか、その淵源がここに見られることも注目されなければならない。

第七として挙げれば、古代的な様々な民俗信仰・習俗を詠ひこんだ歌、それらを反映するものが多く存在することも特性として指摘して置かねばならないであらう。

その他、細かに見てゆけばなほ取り上ぐべきことは多いが、それは他に譲つて、大事なこととして次の一事を記して置きたい。

『万葉集』は漢字の音訓を自由自在に用ひて記述されてゐて、『万葉集』の成立後凡そ二百年にしてその読解は容易ではなかつた。平安時代の村上天皇の御代に宮中の梨壺《なしつぼ》に学者を集めて研究がなされたことを始めとして、鎌倉時代には仙覚律師《せんがくりつし》三十年の歳月をかけてこれが読解につとめ、江戸時代には僧契仲・賀茂真淵・また鹿持雅澄などが研究を積み重ね、その上明治・大正・昭和とさらに調査研究が加へられて、今日見るが如く容易に読解できるやうになつたのである。そこにはそれこそ数多くの碩学たちの数百年にも及ぶ千辛万苦の努力が重ねられたのであつて、われわれはその事をおろそかに思つてはならないのである。

処で本書では『万葉集』を代表する柿本人麻呂・山部赤人・大伴旅人・山上憶良・大伴家持の五名と、女流歌人の大伴坂上郎女それに庶民の歌である東歌並びに防人の歌に限つて取り上げることにした。実はここ十五年有余、月一回二時間にわたり『万葉集』を不特定の人々を対象にして講義を重ねて来たが、本書に述べるところはその講義をそのままに文章化したものに他ならない。従つて所謂学術的なものではないが、数多くの万葉学者の方々の研究成果に学び、それらを活用させていただいた。この場を通して謝意を表して置きたい。私事にわたるが今年私は七十七才、即ち喜寿を迎へた。人生の一つの区切りとして、かつはこれまで聴講していただいた数多くの人々への贈物として、さらには『万葉集』を学ぶ人々へのよすがとして本書の上梓を考へた次第である。

『万葉集』に関心を寄せられる方々の御高覧をも得るところがあれば有難い。

平成十三年初春

丸田　淳

万葉への架け橋

日本の歌を学ぶよすがに・目次

柿本人麻呂と真実の輝き

一

荘重にして端麗な調べを以て皇室讃歌に全生命を燃焼させ、雑歌《ざふか》、相聞歌《さうもんか》、挽歌《ばんか》と幅広く珠玉の歌を詠み、「歌聖」としての尊崇を一身に集めてきた柿本人麻呂は、ひとり和歌の上に限らずわが国の精神史の上に測り知れない影響を与へて来た。

その影響は、既に万葉集時代に始まり千数百年にわたり、数知れない有名無名の人々に及んだ。

ところで人麻呂について研究し、論評した著述は枚挙に遑《いとま》がない。戦後に於ても汗牛充棟《かんぎうじゆうとう》の感がある。万葉集については人麻呂を抜きにしては考へられないが故であらうか。

惜しむべきは人麻呂の来歴については、『万葉集』に掲載されてゐる歌と、それに付されてゐる題詞・左注を外に知る術がない。

先学の研究によつて輪廓《りんくわく》は随分と明らかにされてはゐるが、確証に欠けることだけに、それを研究し読解する人の見識によつて議論はなほ尽きるところを知らない。

人麻呂の作品には、人麻呂の作であることを題詞・左注に明記するいはゆる「人麻呂が作る歌」として掲載されたもの八十四首、うち長歌十八首、短歌六十六首がある。なほ「人麻呂歌集所出」の歌として三百六十五首、うち長歌二首、旋頭歌三十五首、短歌三百二十八首があるが、これは人麻呂によつて蒐集《しうしふ》された歌の集であり、もとよりその中に歌柄からして人麻呂の作と考へられるものを含んでゐることは疑を入れないが、すべてが人麻呂の作ではない。

人麻呂が活躍した時代は、作歌年次の明らかな歌の上限をなす持統天皇三年（六八九）の「日並皇子尊《ひなみしみこのみこと》の挽歌（巻二・一六七）」と、下限の文武天皇四年（七〇〇）の「明日香皇女《あすかのひめみこ》の挽歌（巻二・一九六）」によつて前後十二年間が確認されるが、恐らくそれ以前に何年間かの活躍した、名声を得るまでの期間があつたに違ひないし、従つて、天武天皇、持統天皇、文武天皇の御三代の御代に、いはゆる「宮廷歌人」としてその力能を発揮したものと考へられるのである。つまり壬申《じんしん》の乱後（六七二）から奈良遷都（七一〇）までの「万葉集第二期」を代表する歌人であることに間違ひない。

人麻呂には、歌の内容からして、公的な宮廷歌人としての立場で詠んだ歌と私的な立場での歌がある。慶弔禍福、いづれの歌も和歌の典型をなすものである。

さて、人麻呂の歌について、蒼古《そうこ》たる古代的神秘性と当時における現代的写実性との二つの異質な要素を見事に結合し、あるいは現実を見るとき永い時間の中の現実として捉へ、それは現実の遠き彼方に及び、さらに歌のスケールが大きく、輪郭の外延の大きさだけでなく、作品の内容に豊富さがあり、しかも繊細・華麗・荘重・悲愁等の情緒の世界が幅広く捉へられてゐる点などに特性があるといふ指摘は、人麻呂の歌を理解する上で傾聴すべきことであらう。

それではここでは、人麻呂の歌を通して、人麻呂の「歌」とそれに托された「真情」について考へてみることとしたい。

二

人麻呂について考へる場合、何としても逸することの出来ない歌の一つは、「近江の荒れたる都を過ぐる時に、柿本朝臣人麻呂が作る歌（巻一・二九）」の長歌と反歌二首である。先づはこの歌から考へることにしよう。

近江の荒れたる都を過ぐる時に、柿本朝臣人麻呂が作る歌

玉だすき　畝傍《うねび》の山の　橿原の　ひじりの　御代ゆ　生れまし　神のことごと　栂《つが》の木の　いや継ぎ継ぎに　天《あめ》の下　知らしめししを　そらにみつ　大和を置きて　あをによし　奈良山を越え　いかさまに　思ほしめせか　天離《あまざか》る　鄙《ひな》にはあれど　石走《いはばし》る　近江の国の　楽浪《さざなみ》の　大津の宮に　天の下知らしめしけむ　天皇《すめろぎ》の　神の命《みこと》の　大宮はここと聞けども　大殿は　ここと言へども　春草の　茂く生ひたる　霞立つ　春日の霧《き》れる　ももしきの　大宮どころ　見れば悲しも　（巻一・二九）

反　歌

楽浪の志賀の辛崎《からさき》幸《さき》くあれど大宮人の船待ちかねつ　（巻一・三〇）
楽浪の志賀の大わだ淀《よど》むとも昔の人にまたも逢はめやも　（巻一・三一）

これらの歌は人口に膾炙《くわしや》されてゐるものであり、特に解釈の必要はないであらうが、要するにこの長歌では、壮麗であつた宮殿が廃墟と化し、自然のみが変らぬすがたを残してゐることに、時の移ろひと人為のはかなさを見出し、さらにはあるべからざることへの嘆きを秘めた人麻呂の謹粛する心が詠はれてゐるのである。

この歌には過去と現在、繁栄と衰滅の対照、大宮どころのイメージに眼前の荒蕪《くわうぶ》の景を写生的に重ねる表現など人麻呂の卓越した表現技法が見られる。

末尾の総括的な表現である「見れば悲しも」については、「見れば寂しも」といふ別伝が記されてゐるが、「悲し」にせよ「寂し」にしても客観的に見ての単なる主観的な感情をあらはすものではなく、対象そのものの中に身を置いての痛感があるのである。

反歌には「志賀の辛崎」、「志賀の大わだ」についての古代人的な感覚による自然の擬人化が見られる。即ち自然を有情化し、その自然と人麻呂自身が融合同化し一体となつて、在りし日の繁栄を偲びながら再び見る術のないことへの痛恨の思ひを詠つてゐるのである。

「志賀の辛崎」の歌は、天智天皇の大殯《おほあらき》―葬る以前に復活を祈る儀式―の時に、舎人吉年《とねりのえとし》の詠んだ歌、「やすみしし我が大君の大御船待ちか恋ふらむ志賀の辛崎（巻二・一五二）」の歌を念頭に置いての追和の歌であらうと考へられてゐる。さうだとすれば、壬申の乱後―この長歌は持統天皇三・四年頃の作と考へられるが―動乱を脱して安定の時代にあつた持統天皇の御代に、天智天皇御造営の大津宮の荒蕪した旧都に立つた人麻呂は、それこそ天智天皇への敬仰の念に心をたかぶらせながらこの歌を作つたであらうことは想像に難くない。

実はこの長歌並びに反歌は、持統天皇の御思召しに応へて、天智天皇をはじめとして天皇にお仕へして生命果てた人々への慰撫・鎮魂の歌として作られたものと考へられてゐるのである。即ち公的儀礼歌―神祭りに捧げられた歌―に他ならないのである。

壬申の乱当時、人麻呂は十歳前後の年齢であつたと推定されるのであるが、只ならぬ歴史的現実を回想するとき人麻呂の心中には動乱といふ言葉をもつてする以外表現しようもないやうな激しく揺れ動く心の波動があつたに違ひないが、持統天皇の御代に在つて当時代を代表する知性人であつた人麻呂は、その矜持《きょうぢ》と厳粛なる使命感をもつて、心を尽くし全生命をかたむけてこの歌を詠んだであらうことは寸分の揺ぎのない歌格そのものが物語るのである。

ところで此処で言及して置かねばならぬことは、長歌の冒頭を飾る「玉だすき畝傍の山の橿原のひじりの御代」と詠ひ上げた歌句についてである。この歌句はいふまでもなく国家建設の大業を遂げさせ給ふた神武天皇の御聖徳を回想したものであるが、国家としての生命の源泉を追求しようとする志向の高まりを見せてゐた当時とはいへ、『古事記』・『日本書紀』の編纂に先立つこと二十年から三十年を前にして、神武天皇の御聖徳について、かくも端的に荘重に詠ひ上げた人麻呂の確たる歴史認識には深い感慨なきを得ない。

人麻呂はこの「近江の荒たる都を過ぐる時の歌」をはじめとして、「吉野の宮に幸《いでま》す時の歌」(巻一・三六―三九)、「軽皇子《かるのみこ》、安騎《あき》の野に宿ります時の歌」(巻一・四五―四九)、あるいは「日並皇子尊《ひなみしみこのみこと》の殯宮《あらきのみや》の時の歌」（巻二・一六七—一六九）、「高市皇子尊《たけちのみこのみこと》の城上《きのうへ》の殯宮の時の歌」（巻二・一九九—二〇二）など、その外、皇室の尊厳性に深く感じ入つて詠んだ歌を多くものした。そしてそれは、山部赤人・笠金村・さらには大伴家持らに継承されて、わが国の真実な歴史の流れをなした。平安時代以降にあつても代々の歌人たちは「歌のひじり」として尊崇し、その流れを呼吸してやまなかつた。

思へば柿本人麻呂の心の姿勢は、わが国の歴史の真実に沈潜し、それに深く感じ入つて、生命を燃焼させて、それを高らかに詠ひあげてやまなかつた点にあつたといはなければならないであらう。

三

次に取り上げる二首は、前の「近江荒都歌」と深くかかはる歌である。近江からの帰途の詠と考へられるのであるが、それではその歌について考へてみよう。

柿本朝臣人麻呂、近江の国より上り来る時に、宇治の川辺に至りて作る歌一首

もののふの八十《やそ》宇治川の網代木《あじろぎ》にいさよふ波のゆくへ知らずも　（巻三・二六四）

柿本朝臣人麻呂が歌一首

近江の海夕波千鳥汝が鳴けば心もしのにいにしへ思ほゆ　（巻三・二六六）

前の歌は題詞にあるやうに、近江の荒蕪しきつた旧都に立つて言ふ術もない悲愁に胸を傷め、消し難い思ひに心を重くしながら宇治川の辺に佇んだ人麻呂が、その折の感慨を歌にしたものであることは言を俟《ま》たない。

一首の意は「宇治川の網代木にかかつてしばし流れきれずにゐる波のやがてゆくへも知れずなつてゆくことか。」といふことにならうか。「もののふのやそうぢ」といふ「宇治川」を言ひだす為の重々しい序詞《じょことば》には、それだけにとどまらず、焼けて亡び去つた大津の宮への悲痛な哀傷、回顧の情がこもつてゐるものと考へなければならない。つまり近江朝の栄枯と網代木にたゆたふ波の行方が重なつて、人麻呂の心は人生的な寂莫の思ひ――人の世のさびしさに心を激しく揺り動かされたに違ひないのである。「いさよふ波の行く方知らずも」と自然の織りなす象徴美の世界を描き出したこの句には、広く流転してやまない世界の相全体を実感しての思ひが詠はれてゐるのであつて、いはゆる仏教的な無常感とはいささか趣を異にするものといふべきであらう。平板な描写ではなく、立体的に彫刻的に――立ちつくす人麻呂自身をもその中に包みこんで眼前に見るが如くに描き出してゐるところにこの歌の幅があり深みがある。重量感をもつて迫る人麻呂の歌の特性が発揮された歌といふべきであらう。

「近江の海」の歌は、「近江の琵琶湖の夕浪にさわぐ千鳥よ、お前が鳴くと、心もしほしほとしをれて、昔の事が思はれる。」といふ意である。「夕波千鳥」とは夕波が立つところに千鳥が飛び交ふさまを一つの語とした人麻呂の造語であるが、大胆にして簡潔で美しい。

この歌では人情を解するはずもない千鳥に、人情を解する如くに呼びかけてゐるところに古代人的感覚が見られるが、人麻呂は眼前の景と相抱いて、切実な自分の体験を甦らせながら当時を想つてゐるのであるが、「いにしへ」が天智天皇の御代を指すことはいふまでもなく、「思ほゆ」の「ゆ」は自発の助詞で、思ふまいと思つても自然に思はれてくるといふ意である。

さてこの二首には、天智天皇の御代への敬慕の思ひが切ないまでに詠ひ上げられてゐるといつてよいが、天智天皇の御代とはどんな時代だつたのだらうか。

いふまでもなく天智天皇は皇位を継承し給ふ以前に、僭上強大を極め、将《まさ》に皇位を凌《しの》がうとする蘇我氏の専横を眼前にして、敢然として起つてこれを粉砕し、除去し、民族結集、国家建設の理想的形態である一系の皇統をお守りになり、皇位を固くせられたことは史上に燦然《さんぜん》たるところである。またそれを基礎とし、前提として、大化の改新を断行せられたことも多言の必要はなからう。

その一大政治的改革は、聖徳太子が方向を示し給ふた天皇君主制の政治原理をさらに一歩おし進めになり、これまでのやうな部族連合の勢力均衡の上に立たれる皇室の祭主的・象徴的な地位を、絶対的な君主制に確定しようとする政治理想を高々とかかげられたものであつた。成文法に基づいて政治を行ふ、いはゆる「律令制度」の確立を通して中央集権の政治機構を打ちたてられた、国家機構及び政治万般の大改革であつたのである。

思ふに、由緒深い大和の地から近江の地へ都をお移しになり、そこに建設された大津宮は絢爛《けんらん》を極め豪華であり、それは新時代の到来に歓喜と大いなる希望を抱かしめるものであつたであらう。

荒蕪した大津宮跡に立ち、琵琶湖畔にあつて、さらには宇治川の川辺に佇んで詠んだこれらの歌は、人麻呂の心の潤ひの豊かさ、魂の立派さに基づくものといふ以外にはない。人麻呂は心をこめて全生命をかけてこれらの歌をつくり、それに真実な心を托したのである。けだし高貴な精神の所産といはねばならぬであらう。

四

以上「近江荒都歌」を中心にそれにかかはる二首の歌を通して人麻呂の心について考へてみたのであるが、人麻呂には数々の典型的な公的儀礼歌があると共に私的な立場で詠んだ珠玉の歌が数多く存在する。それは相聞歌、雑歌、挽歌に及ぶが、次にそれらの中から幾首かを取り上げて人麻呂のこころを探つてみたい。

石見《いはみ》のや高角山《たかつのやま》の木の間よりわが振る袖を妹《いも》見つらむか　（巻二・一三二）
小竹《ささ》の葉はみ山もさやにさやげどもわれは妹思ふ別れ来ぬれば　（巻二・一三三）

この二首は、『万葉集』の相聞歌の中でも屈指の名作とされる長歌、「柿本朝臣人麻呂、石見の国より妻に別れて上《のぼ》り来る時の歌」（第二・一三一）の反歌であることは、これまた多くの人の熟知されるところであらう。

長歌は三十九句から成り、妹の住む土地へのひたむきな執着と、妹との離別の悲哀が生き生きと詠ひ上げられてゐるが、その終結部は、

「夏草の思ひ萎《しな》えて――（夏草が秋も深まってしをれるように思ひしをれて）、偲《しの》ぶらむ妹《いも》が門《かど》見む――（私のことをしのんでゐるであらう、その妻の門を見よう）。靡《なび》けこの山。――（靡き伏してくれ、この眼前の山よ）。」

と詠つてゐる。「靡けこの山」とは、幾重にも重なり合ふ山を越えてきたその山に遮られて妻の門が見えない、そこでその山に靡き伏せよと呼びかけてゐるのである。この一句は大きな波のうねりのやうな感情の大きな波動が爆発的な高まりを見せ、別離の歎きの深刻さを伝へてゐるのである。

先にあげた二首はこの長歌の心を承けて、感情の昂揚から沈静へと向ふ人麻呂の心が示されてゐる。

「石見のや」の歌は「石見の国にある高い津の山の木の間から私が袖を振るのを妹は見たであらうか。」との意である。

極めて自然な素直な表現であつて、自分を見送つていつまでも門口に立つてゐる妻の姿を想像してよんだもので、そこには深い思ひ――妻への思慕の切なさが詠《よ》みこまれてゐる。

なほこの歌の、石見のや・高角山の・木の間といふふうに次第に焦点をしぼつてゆく表現には調べの高さがあつて、この歌の不自然さを消去してゐる。因みに山部赤人の「み吉野の象山の間の木ぬれには」の歌は、この歌の影響するところと言つてよいのではなからうか。

「小竹《ささ》の葉」の歌は、「山路のささの葉のそよぎは山全体をとよもすほどに風に乱れてゐるけれども、そのやうにさやぐ心をしづめてわたしは妻のことをひたすら思ふ、別れてきたので。」といふ意である。

この歌は、小竹の葉が風にそよぐさまを視覚的に、かつ聴覚的にとらへてをり、しかもそれは人麻呂の心の中を象徴的に示し、その中に立つ作者の哀感の深さを覚えさせずには置かないのである。

見をさめの山の上での離別の歌、別れることによつてはじめて妻への思慕の情の深さを知つたこの歌は、純粋にして豊潤《ほうじゅん》な人麻呂の心を伝へるものと言はねばならないであらう。

伊勢の国に幸《いで》ます時、京に留る柿本朝臣人麻呂が作る歌

嗚呼《あみ》見の浦に船乗りすらむ嬔嬬《をとめ》らが珠裳《たまも》の裾に潮満つらむか　(巻一・四〇)

くしろ着く手節《たふし》の崎に今日もかも大宮人の珠藻《たまも》刈るらむ　(巻一・四一)

潮騒に伊良虞《いらこ》の島辺漕ぐ船に妹乗るらむか荒き島廻《しまみ》を　(巻一・四二)

ここに取り上げた三首の歌は、持統天皇六年（六九二）三月五日、持統天皇が伊勢の国に行幸せられた時、京に留つた人麻呂が、その行幸に供奉した官女たちの上に思ひを寄せて詠んだものである。実はこの三首は、短歌による連作の嚆矢《かうし》として注目を集めてゐる歌である。

「嗚呼見の浦」は鳥羽市小浜付近の入海かと言はれてゐる。この一首、「嗚呼見の浦で船遊びをしてゐるであらうをとめたちの裾に潮が満ちてゐることであらうか。」といふ意。

「らむ」の繰返しはこの歌に音楽的なこころよさを生み、光の中で躍動する趣を伝へ、船遊びする華やかな乙女たちへの「羨望《せんばう》の思ひ」がたたへられてゐるのである。

二首目の「くしろ着く」の「くしろ」は手に巻く装飾品のことで、「手節の崎」にかかる枕詞。「手節の崎で今日も大宮人たちは美しい藻をかつてゐるだらうか。」といふ意である。たゞ「今日もかも」の「も」は感動の場合と、並列ととる場合で多少意味に違ひが生ずるが、ともあれこの歌には「待ちわびる心」が詠はれてゐるといふべきであらう。

三首目は「潮騒――荒く鳴り騒ぐ潮の中で伊良虞の島辺（愛知県渥美郡）を漕ぐ船にいとしい妹も乗つてゐるのであらうか、あの荒い海のまはりを。」と詠つてゐて、「不安の心」――危険な舟行を気づかふ心が詠はれてゐるのである。

日を追ひ場所を西から東へと移動させながら船遊びをする官女たちの姿をとらへ、それを思ひやつた心には人麻呂の柔軟にしてやさしい新鮮な心が見られる。

なほ、人麻呂は、思ひの篭つた豊潤なすぐれた相聞歌を数多く詠んだ。次はその一端である。

み熊野の浦の濱木綿《はまゆふ》百重《ももへ》なす心は念《も》へど直《ただ》に逢はぬかも　（巻四・四九六）

古《いにしへ》にありけむ人も吾が如《ごと》か妹に恋ひつつ寐《い》ねがてずけむ　（巻四・四九七）

百重《ももへ》にも来及《きし》かぬかもと念《おも》へかも君の使の見れど飽かずあらむ　（巻四・四九六）

をとめらが袖振山《そでふるやま》の瑞垣《みずがき》の久しき時ゆ思ひき吾は　（巻四・五〇一）

夏野行く牡鹿《をじか》の角の束《つか》の間《ま》も妹が心を忘れて念《おも》へや　（巻四・五〇二）

五

処で人麻呂は相聞歌といはず、雑歌、挽歌においても、他の追従を許さない数々の歌を詠んだ。次に「雑歌」の部に入る「羇旅《きりょ》の歌」を取りあげてみたい。

玉藻《たまも》刈る敏馬《みぬめ》を過ぎて夏草の野島の崎に船近づきぬ　（巻三・二五〇）

淡路《あはぢ》の野島《のしま》の崎の浜風に妹《いも》が結びし紐《ひも》吹き返す　（巻三・二五一）

燈火《ともしび》の明石大門《おほと》に入らむ日や漕ぎ別れなむ家のあたり見ず　（巻三・二五四）

天離《あまざか》る鄙《ひな》の長道《ながぢ》ゆ恋ひ来れば明石の門《と》より大和島見ゆ　（巻三・二五五）

以上は巻三に掲載の「柿本朝臣人麻呂が羇旅の歌八首」の中の四首である。

名ぐはしき印南《いなみ》の海の沖つ波千重に隠《かく》りぬ大和島根は　（巻三・三〇三）

大君の遠《とほ》の朝廷《みかど》とあり通ふ島門《しまと》を見れば神代《かむよ》し思ほゆ　（巻三・三〇四）

この二首は、「柿本朝臣人麻呂、筑紫の国に下《くだ》る時に、海道《うみぢ》にして作る歌二首」として同じく巻三所載の歌である。

「玉藻刈る」の歌は人麻呂の作中、最も単純な歌であるが、実際は複雑な思ひを単純化した歌に他ならない。「玉藻刈る敏馬を過ぎて」といふ描写の中には、陸近くを移り行く船の姿と美しい光景を眺めてゐる自分を含めて同船する人々の姿、さらには都を遠く離れてゆく不安な心さへも含み表現されてゐるのであつて、それ故にこそ「野島の崎に船近づきぬ」といふ緊張感にみちたみず〳〵しい力強い表現が真に迫るものを覚えさせるのである。

次の「淡路の野島の崎」の歌にしても、「妹が結びし紐吹き返す」――妻が旅の安全を祈つて結んでくれた紐を風の吹くままに吹き返らせてゐると、淡々とした単純な表現となつてゐるが、家恋しさの思ひをこの一句に托した歌であつて、簡単にして含蓄深い歌といはねばならないのである。

「烽火《ともしび》の」の歌は「明石海峡にわが身が入らうとする日よ、いよいよ大和と漕ぎ別れることであらうか、懐しい家のあたりをも見ずに」といふ意で、大和へ残してきた妻への思ひ、これから先の長い船旅の不安をよみあげたものと言つてよいだらう。

「天離《あまざか》る」の歌は、長い旅路を辿つてきて、大和の山々があたかも島のやうに見えた瞬間の歓喜を一気に詠ひあげたもの、人口に膾炙されてゐる歌であり、この歌は「抒情をふまえた叙景歌の新しい風を創造した歌」として高い評価を得てゐるのである。

さて旅の歌と言へば、いはゆる旅愁を覚えさせ、感傷的になりがちなものであるが、人麻呂の歌にはそれがなく、むしろ爽快さ、力強ささへ覚えさせる。人麻呂の人柄のおほらかさを伺はせるといふものであらうか。

「名ぐはしき印南の海」の歌も家郷大和への望郷の思ひを詠ひながら、「大和島根は」といふ表現には楽天的で豪快ささへがある。

「大君の遠の朝廷」の歌には想像力が雄大で、豊かさがあるが、「神代し思ほゆ」の句は神話的伝承的な世界について深い理解をもつてゐた人麻呂にしてはじめて詠はれ得たものと言はねばならぬであらう。国土生成神話に寄せての雄渾《ゆうこん》な歌である。

六

人麻呂の歌の中で最も深刻な沈痛な思ひを抱かしめるものは、もとより挽歌である。

人麻呂が作つた挽歌には、日並皇子《ひなみしみこ》（二・一六七）、明日香皇女《あすかのひめみこ》（二・一九六）、高市皇子《たけちのみこ》（二・一九九）、の殯宮《あらきのみや》の時に作つた公的挽歌をはじめ、妻が死んだ後に泣血哀慟して詠んだ私的挽歌など、長・短歌合せて二十七首に及んでゐる。公的挽歌はいづれも心の籠もつた歌で、とりわけ高市皇子の薨去に捧げた挽歌は一四九句より成り、万葉集中の最大長篇で、皇子の功業を讃へる為に壬申の乱を描く叙事詩的な部分など精彩を放つてゐる。

妻の死を悲嘆した歌はさすがに哀慟《あいどう》を極めてゐる。ここでは妻の死を哀慟した歌を取り上げてみたい。

秋山の黄葉を茂み迷ひぬる妹を求めむ山道《やまぢ》知らずも　(巻二・二〇八)
もみぢ葉の散りゆくなへに玉梓《たまづさ》の使を見ればあひし日思ほゆ　(巻二・二〇九)
去年《こぞ》見てし秋の月夜は照らせれどあひ見し妹はいや年さかる　(巻二・二一一)
家に来てわが屋《や》を見れば玉床《たまどこ》の外《よそ》に向きけり妹が木枕《こまくら》　(巻二・二一六)

この四首は「柿本朝臣人麻呂、妻死せし後に、泣血哀慟して作る歌」三首に添えられた短歌の中の四首である。人麻呂は「妻死せし時」、三首の長歌とそれぞれに二首、二首、三首と短歌をそへて詠んでゐるが、千々に乱れる思ひのため、言ひ尽し得ないままに趣を異にする三首の長歌を詠んだのであらう。第一首目の長歌の後半部を示せば、

「言はむすべ　為むすべ知らに――(どう言やうもしようもなくて)声《おと》のみを聞きてあり得ねば――(話にだけきいてそのままでは居られないので)　吾が恋ふる千重の一重も――(私の恋しさの千分の一でも)慰もる　情《こころ》もありやと――(慰む気持にもならうかと)吾妹子がやまず出で見し――(妻がしょっちう出て見た)軽の市に　吾が立ち聞けば――(軽の市に立ってきくと)　玉だすき　畝傍の山に――(畝傍の山に)鳴く鳥の声も聞えず――(鳴く鳥の声は聞えても妻の声は聞えず)玉桙《たまぼこ》の　道行く人も――(道を行く人も)　ひとりだに　似《に》て

し行かねば——（ひとりでも妻に似た姿で行く人もないので）すべをなみ　妹が名呼びて——（せんすべもなく妻の名を呼んで）袖ぞ振りつる——（袖を振つたことだ。）（巻二・二〇七）

と詠つてゐる。

最初の二首はこの長歌に添へられた短歌であるが、「秋山の」の歌は「秋山の黄葉が生ひ茂つてゐるので迷ひ込んでしまつた妻を捜し求めようにも、その山道もわからないことだ。」といふ意である。死の世界を生存者のそれと等質の地つづきのものとする観念——古代人的な死生観が見られる歌であるが、「山道知らずも」は、死ぬこと自体を山中に迷ひ入ることとして形象化してゐるのである。長歌の狂乱の心がいくらか沈静した過程での心情といつてよいだらう。

「もみぢ葉」の歌は、「黄葉が散るとともに使の者の（他の人のところに）来るのを見ると、ああのやうにして、懐かしい便りが来たのだつたと、妹にあつた日が思ひ出される。」といふ意で、前の歌よりもいささか時間を置いて後の感情が回想的に叙されてゐるのである。長歌の狂乱から一首目の沈静、そしてこの歌の回想へと展開されてゐる構成は見事といふ以外にはない。

「去年《こぞ》見てし」の歌はもう一組の長歌に付された短歌二首の中の一首である。「去年共に見た秋の月は照らしてゐるけれどその月を共に見た妻は無くいよいよ年月は遠くはなれてゆく。」といふことで、今までにもそこばくの月日はたつてゐるが、かくして妻なき年月がいよいよ重なつてゆく事を思つての、将来をかけての悲歎がこめられてゐるのである。

「家に来て」の歌は「或る本に曰く」として載せられてゐる第三組の挽歌の中の短歌三首の中の一首である。この歌は「愛する妻と死別してそのなきがらを引出の山に葬つて、家に帰つて来た。妻なき家は空洞のやうに淋しい。ふと気づくと、床の上に枕がある。妻の枕である。その枕がぽつんと外向きに置かれてゐる。」といふ情景を、そのままにあるがままに描写した写実的な歌である。

妻の「木枕」には様々な思ひ出や愛情・哀感の数々がふくみ蔵されてゐるのである。「外に向きけり」の句は、綿々たる哀情——悲しい余韻が長く裾を引いてただよふ人麻呂の心情を写すものと言つてよいだらう。

「旅の歌」のところで言及したやうに、この歌も複雑な思ひを含む単純化された歌である。悲しいとも苦しいとも言つていないところに惻々として迫る悲哀がある。つまり象徴性を持つこの歌は、無限の高貴さへと人の心を高めてやまないのである。絶唱の歌、悲愁極まるといふべきか。

七

以上、人麻呂の「歌」とそこに宿された「真情」について叙述した。

何しろ万葉歌風の転回点にあつて、長歌・短歌にわたり、開化の表現技法を縦横に駆使して、しかもいたずらに新奇な技法を弄する軽薄さに流れず、純粋素朴な古代的心情とそれとを微妙に調和させて、歌のあり方を確立した人麻呂の功績の偉大さを思ふとき、この一篇果して人麻呂の心の真実に近づき得たかどうか甚だ心もとない。

ともあれ人麻呂は、皇室讃歌に心からの感動をうたひ、相聞歌、雑歌、挽歌を通して生の体験を直接に表白して、日本人たるの生の倫理を高らかに歌つてゐるのである。

物質至上主義に心を攪乱され、人倫の道を忘却し、動物的生存に堕して、精神の威厳を喪失してゐる当世の有様に思ひ及びとき、一だんと人麻呂への敬仰の念を深くするのである。人麻呂に学んでの感動は尽きるところを知らない。

山部赤人と慶祝の心

一

『古今和歌集』の「序」を書いた紀貫之は――この「序」は歌とは何かを体系的に論じたわが国の「歌論」の嚆矢とされてゐるが――その中で、「山の辺の赤人といふ人ありけり。歌あやしく妙なりけり。人丸は赤人が上に立たむことかたく、赤人は人まろが下に立たむことかたくなむありける。」と述べて、赤人を人麻呂と相並ぶ歌人として高く評価してゐることは広く人の知るところであらう。

また近世において古学復興を機に、『万葉集』の研究が大いに進み、その面で大きな貢献をした著名な国学者である賀茂眞淵がその著『万葉考』の中で、人麻呂と赤人とを比較しそれぞれの特性を明らかにしてより、特に赤人の本領を知る上で、二人を比較する方法がとられてきたことも赤人について学ぶ人々の誰もが知るところであるに違ひない。

なほ既に万葉集時代において大伴家持が「山柿の門」として赤人と人麻呂を取りあげて歌道の先達として尊崇してゐたことも『万葉集』に関心を寄する人々の熟知される事であらう。

但し「山柿」の「山」については家持の歌の中に山上憶良の影響をうけたと思はれる歌が多く見られるところから山上憶良とする説もあるが、人麻呂と同じく宮廷歌人として歌を専門とし、かつそのすぐれた歌柄からみて、従来考へられて来たやうに赤人とする説の方が妥当であるといつてよいであらう。

山部赤人については柿本人麻呂の場合と同じく、『万葉集』のみがその来歴を知る唯一の手がかりなのである。

赤人の歌は長歌十三首、短歌三十七首計五十首が残されてゐる。その中で制作年代の明らかな歌で最も古いものは「神亀元年甲子《きのえね》の冬の十月の五日に、紀伊の国に幸《いでま》す時に、山部宿禰赤人が作る歌一首并せて短歌」として巻六（九一七）に掲載されてゐる歌である。最も新しい歌は「八年丙子《ひのえね》の夏の六月に、吉野の離宮《とつみや》に幸《いでま》す時に、山部宿禰赤人、詔《みことのり》に応《こた》へて作る歌一首并せて短歌」（巻六・一〇〇五）として記録されてゐるものである。

神亀元年は西暦でいへば七二四年、天平八年は七三六年、従つてその間の十二年間はまぎれもなく赤人が宮廷歌人として聖武天皇に仕へ、そのもとで活躍したことが確認できるのである。恐らくその十二年に加へて、後よりも神亀元年以前に十数年の活躍した時期があつたものと推察されるのである。

赤人が死亡したのは天平九年説と天平十七年頃とする説があるが、天平十七年説は措いて、天平九年、この年は天然痘が蔓延して多くの人々が死亡、特に藤原不比等の子弟四人が相次いでその病で倒れてゐるが、赤人も同様であつたとすれば、先の神亀元年以前に十数年の活躍した時期があつたとする推察は納得されることであらう。

ともあれ赤人は元正・聖武の二代の天皇に仕へた宮廷歌人であり、『万葉集』でいへば第三期に属する人である。この第三期は奈良に都が移されて整然とした都が出現し、いはゆる都市化されてゆく文化状況の中で、自然に対する観方に変化が生じ、従来の渾然一体的な把握の在り方から自然と生活とを分離して観る立場、即ち自然への観照性が確立されてゆく時期であつたことは注目されなければならない。

赤人の歌に見られる深く澄みとほるやうな叙景歌、即ちすぐれた自然詠はさうした時代相の如実な反映といつてよいのである。

さて述ぶべきことはなほ多いが、実際の歌を介して歌人赤人の特性について考へて見ることにしたい。

二

山部赤人といふ時、人々の脳裡に去来する歌は、「富士の山を望《み》る歌」（巻三・三一七）をはじめ、紀伊の国への行幸に従駕した際に詠んだ歌の反歌「若の浦に潮満ち来れば潟を無み葦辺をさして鶴鳴き渡る」（巻六・九一九）の歌や、吉野行幸へ従駕した折の反歌「み吉野の象山《きさやま》の際《ま》の木末《こぬれ》にはここだも騒ぐ鳥の声かも」（巻六・九二四）、「ぬばたまの夜の更けゆけば久木生ふる清き河原に千鳥しば鳴く」（巻六・九二五）の歌、さらには「山部宿禰赤人が歌四首」の中の「春の野にすみれ摘みにと来し我れぞ野をなつかしみ一夜寝にける」（巻八・一四二四）等の歌といってよいだろう。

それではまづこれらの歌から考へてみることにしよう。

山部宿禰赤人、富士の山を望《み》る歌一首并せて短歌

天地の　分かれし時ゆ　神さびて　高く貴き駿河なる　富士の高嶺を　天の原　振り放け
見れば　渡る日の　影も隠らひ　照る月の　光りも見えず　白雲も　い行きはばかり　時
じくぞ　雪は降りける　語り継ぎ　言ひ継ぎ行かむ　富士の高嶺は

反歌

田子の浦ゆうち出でて見れば真白にぞ富士の高嶺に雪は降りける

この長歌は、初めに「天と地がわかれた太古から、神々しく、高く貴い、駿河にある富士の高嶺よ、その高嶺を」と、富士の壮大を詠ひ、次に「大空の彼方に遠くふり仰ぐと、空を行く日の光もかくれ、照る月の光も見えず、白雲も行くのを憚り、時節でもないのに雪はふつてゐることよ。」と、富士の高貴さを叙し、最後に「いつの世までも語りつぎ、云ひついでゆかう。この富士の高嶺は。」と讃美をもつて結ばれてゐる。

反歌は見たまま、あるがままを詠んだ叙景歌で、「田子の浦ゆうち出でて見れば」の部分は、「山道を通つてゐて、その山陰からはづれて、富士の秀嶺のあざやかに見さけられるところへ出て眺めると」といふことを云つたのであつて、「ゆ」は経過を示す語である。

一首の意は「田子の浦を出て見るとまつ白に富士の高嶺に雪がふり積つてゐることよ。」といふことにならうか。

これらの歌は富士を詠んだ作として、また赤人の長歌として第一の佳品に推さるべきものとの高い評価を得てゐるものである。何等の奇巧も、誇張も、特別な形容もなく、平々淡々と詠まれた歌で、まさしく「単純簡素」であるが、一読してある微妙なものに心を捉へられる感を禁じ得ない。

もとより人麻呂の歌に見られるやうな生動性、人に追迫する力はないが、静かに落ちついて物を観る赤人の歌の特性が伺はれる歌といつてよいであらう。

気品を備へた雄大な富士の風格を沁々と覚えさせるこの「富士を望《み》る歌」は、赤人にして始めて詠じ得られた歌といふ以外にはない。

若の浦に潮満ち来れば潟を無み葦辺をさして鶴鳴き渡る（巻六・九一九）

この歌は赤人の歌の中で制作年代の判る最も古い歌で「神亀元年甲子の冬の十月の五日に、紀伊の国に幸す時に山部宿禰赤人が作る歌一首并せて短歌」として巻六に収められてゐる歌の反歌二首の中の一首である。

若の浦は和歌浦湾の東、旧和歌浦。今は陸地になつてゐる。

歌は写象鮮明であつて解釈の必要はないであらうが、「潟を無み」は「山を高み」、「国を遠み」などと同じく、「……が……ので」と訳す常套語で、ここでは「潟がなくなるので」となり、鶴が飛び立つ動作を起す原因を示してゐる。

「葦辺をさして鶴鳴き渡る」の部分には、鶴の鳴き声よりもその姿を絵に見るやうに克明に写し出し、鶴の習性や生の営みに対する赤人のこまやかにして温かい理解と愛情が宿されてゐるのである。

実はこの歌は人麻呂と同時代の人、叙景歌の先駆者として、かつ小景のうちに旅愁を感じた著名な歌人高市黒人の作、「桜田へ鶴鳴き渡る年魚市潟《あゆちがた》潮干《ひ》にけらし鶴鳴き渡る」（巻三・二七一）の歌の影響をうけるものといはれてゐるが、黒人の歌は鶴の鳴き声を中心に詠まれ、青い大空と青い海との間を鳴きながら飛びゆく白い群鶴の姿の描写は明るく躍動感にみちゐてさすがに見事であるが、どちらかと言へばこの歌の場合は大柄で、赤人の歌の絵を見るやうな、しかも清浄な響きを以て迫る生の顫動《せんどう》を覚えさせるものはない。

文芸作品としての美的達成が見られる叙景歌の代表作として高い評価を得てゐる赤人のこの歌は、やはり赤人以外には詠じ得ない歌であらう。

ところでいま一つの反歌についても一言して置かう。

沖つ島荒磯《ありそ》の玉藻《たまも》潮干《ひ》満ちい隠りゆかば思ほえむかも（巻六・九一八）

この一首は長歌の中の「潮干《ひ》れば玉藻刈りつつ」の句を承けてよまれたものであつて、「沖の島の荒磯の玉藻が、潮の満ちて隠れて行つたならば、その美しい藻が思はれる事であらうかなあ。」といふ意である。

「荒磯の玉藻」は潮干の時の磯のさまざまな光景の代表としてとらへられたものである。この歌は、潮が満ちてくれば再び何事もなかつた一望の海面に変る、潮干の時と満潮の時とでは全く違った別物の様相を呈する磯の光景を描写したものに他ならない。

「隠ろひゆかば」には細かな観察の目がみられ、「思ほえむかも」にはほのかな温かい感情の流れがあつて、そこには玉藻を刈つてゐた人への思ひが秘められてゐるのかも知れない。

赤人の歌としては珍らしく主観のあらはな歌であるが、自然に対する鋭敏な感受性のみられる歌で、赤人の内に秘めるこまやかにしてゆたかな心の存在を示すものとして見逃しがたい歌といはねばならない。

三

さて巻六の巻頭には吉野・紀伊・難波・播磨へと打続く行幸に従駕した笠朝臣金村《かさのあそみかねむら》、車持千年《くるまもちちとせ》、それに赤人の歌が掲げられてゐる。赤人の歌は長歌七首、短歌十三首に及んでゐる。「み吉野の象山の際の木末には」の歌、「ぬばたまの夜の更けゆけば」の歌はその中に含まれ、神亀二年（七二五）、聖武天皇の吉野離宮への行幸に従駕した折の作と考へられるが、赤人の面目を遺憾なく発揮した歌として世の絶賛を集めてゐるものである。長歌とともにその辺の事情について考へてみたい。

山部宿禰赤人が作る歌二首并せて短歌

やすみしし　我が大君の　高知らす　吉野の宮は　たたなづく　青垣隠《こも》り　川なみの　清き河内ぞ　春へは　花咲きををり　秋されば　霧立ちわたる　その山の　いやますますに　この川の　絶ゆることなく　ももしきの　大宮人は　常に通はむ（巻六・九二三）

反　歌　二首

み吉野の象山《きさやま》の際《ま》の木末《こぬれ》にはここだも騒ぐ鳥の声かも（巻六・九二四）
ぬばたまの夜の更《ふ》けゆけば久木生ふる清き川原に千鳥しば鳴く（巻六・九二五）

まづ長歌では、吉野の離宮について、「重畳する青垣のやうな山にかこまれ、流れの清らかな河に包まれてゐるところであるよ。」と離宮の位置する自然的環境について叙し、更に春秋の趣深い景観に言及し、この美しい離宮へ「大宮人たちは繁く、絶えることなくいつもここへ通はうよ。」と詠つてゐるのであるが、ここで注目すべきことは山紫水明の美しい自然そのものとして離宮の姿をとらへてゐる点である。離宮そのものを讃美した歌といつてよいが、吉野離宮についての讃歌として、かうした自然そのものを詠ずる歌は他に類を見ないのである。

「み吉野の象山《さきやま》の際《ま》の木末《こぬれ》には」の反歌は「の」のたたみかけによつて、吉野、象山、木末と焦点をしぼつて、「さわぐ鳥の声」に思ひを集約した詠ひ方となつてをり、「木末」までは視覚でとらへた景であり、下の句は聴覚による描写であるが、それが一つに融け合つてこの一首に深みを与へてゐる。

この一首は朝明けの中の小鳥たち、生けるものの声に喜びを感じ、その実感をうたつたものである。赤人のすぐれて優しい人間的な温かさが見られる歌である。

赤人の叙景歌の魅力は、このやうな底籠るゆたかな人間性によるといはれてゐるが、「ここだもさわぐ鳥の声かも」には、静かさの中のにぎはひを愛する心、さらには生命のよろびに聞き入つてゐる赤人の姿を彷彿とさせるものがある。

「ぬばたまの夜の更けゆけば」の反歌はもとより夜の歌で、静かな夜の空気の中に、しきりと鳴く千鳥の声がしみ透つてゆく清澄な世界がとらへられた歌である。

この歌も「久木生ふる清き川原」は視覚でとらへた自然の静寂境であり、「千鳥しば鳴く」は聴覚の世界、やはり二つは融合して一つの感じとして無理なく綜合されてゐるのである。

これらの歌は自然をあるがまま、見るままに描きながら、実は自然そのものの中に身を置いて、それのもつ真実にふれる叙景歌の新しい境地を拓いた歌として高い評価を得てゐるのである。

ところで赤人の吉野讃歌の歌の持つ特色をさらに確認するために、同じく吉野離宮について詠んだ柿本人麻呂の長歌並びに短歌を取りあげて置かう。

吉野の宮に幸す時に、柿本朝臣人麻呂が作る歌

やすみしし　我が大君の　きこしめす　天の下に　国はしも　さはにあれども　山川の
清き河内と　御心を　吉野の国の　花散らふ　秋津の野辺に　宮柱　太敷きませば　もも

しきの　大宮人は　舟並めて　朝川渡る　舟競《きほ》ひ　夕川渡る　この川の　絶ゆることなく
この山の　いや高知らす《たかしらす》　水激《みなそそ》ぐ　滝の宮処《みやこ》は　見れど飽かぬかも（巻一・三六）

反　歌

見れど飽《あ》かぬ吉野の川の常滑《とこなめ》の絶ゆることなくまたかへり見む（巻一・三七）

赤人がこの歌を範として吉野讃歌の歌を作つたことは用語、叙述の面から容易に考へられるであらうが、それにも拘らず両者を読みくらべる時、誰もが歌風の著しい違ひに気づくに違ひない。

人麻呂は長歌を詠む場合、時間的に回想しながら叙事詩的によむのを例とするが、この長歌の場合も、吉野の地を歴史的に回想しながら、大宮人たちが天皇に奉仕してやまない聖地として、その事を中心に詠つてゐて、讃歌性が強烈であり、崇高性に溢《み》ちてゐる。赤人の歌に見られる端正さ、温雅さとは甚だしく趣きを異にするといつてよいだらう。

赤人は吉野の自然的景観の持つ幽邃《いうすい》さを思ひを籠めて詠ふことを通して、離宮の美しさを讃美し、その事をもつて、天皇への慶祝の意を表してゐるのである。

以上のやうな違ひは、人麻呂が生きた時代と赤人のそれとは文化意識——なかんづく自然に対する観方・接し方において大きな相違があつたことを示すものと言つてよいであらう。

四

さて大正時代アララギ派歌人として活躍し、特に赤人に傾倒した人として著名な島木赤彦は、この長歌の反歌である「み吉野の象山の際の木末にはここだも騒ぐ鳥の声かも」の歌について次のやうに評論した。

「一首の意至簡にして澄み透る所が天地の寂寥相に合してゐる。騒ぐというて却つて寂しく、鳥の声が多いというて愈〻寂しいのは、歌の姿がその寂しさに調子を合せ得るまでに至純である為めである。」と。

「天地の寂寥相に合する」とは、赤人が自己の生命の寂寥を、この群れ騒ぐ鳥たちの生活の中に見出してゐることを述べたものと言つてよいであらうが、この評論は歌壇はもとより一般にも広く深い感銘を与へ、その後この歌に対する解釈、評論として定説化される観を呈してきたのである。

問題は、この評論が長歌との深いかかはりを度外視して、一つの独立した短歌として取扱ひ、鑑賞してゐるところにあると言つてよいであらう。

長歌は吉野の自然的景観を叙するに当つて、一方に重畳する山の美観を詠ひ、一方に清らかな河の姿をのべ、続いて春の山、秋の川の景観を並べ、さらに茂り合ふ山のやうにしげく、絶えることのない川の流れのごとく絶えることなくと、山と河との対比によつて、吉野離宮への沁々とした讃美の思ひを詠ひあげてゐるのであるが、反歌にしても同様の構成を持つてゐるのである。

「み吉野の象山の木末には」の反歌は、「朝の山」の景情を叙し、「ぬばたまの夜の更けゆけば」の歌は、「夜の河」のそれをうたひあげてゐるのである。

このやうに長歌と反歌とは密接不可分の関係を持ち、山と河とを対比する構成の上にうたはれてゐるのである。従つてこれらの歌は吉野行幸に従駕した晴れの日に吉野の自然にふれた赤人が、持ち前の端正さによつて、これらの歌に見られるさざなみのやうな目だたない、しかも心ふるふ歓喜をただよはせる歌を生み出したものに他ならないのである。

すなはち、吉野離宮の持つ美の極地をうたひ、その事を通して天皇への慶祝の意を表したものと考へることが至当なのである。

島木赤彦の創作的評論は歌人としての鋭い、すぐれた鑑賞として貴重であることに違ひはないが、ただ赤人の歌に「人生の寂寥相」があるとするその事を前提条件として、次のやうな見解があることは注意しておく必要があらう。即ち赤彦が指摘した赤人の歌に見られる人生の寂寥相は、権力追求の政争の中にあつて一人疎外される立場にあつた赤人が、「現世における自己存在の無用さ」、即ち「宮廷官僚の脱落感」が呼び起したものであると考へ、さらに赤人に自然詠の歌が多いのは権力追求の政争の世界からの逃避を示すものとする見解が、戦後の一時期、まことしやかに論ぜられたのである。

これらの見解は戦後流行の唯物史観的な立場によるものに他ならないが、あまりにも穿《うが》ち過ぎた、人間の心の高貴性を卑俗化した、世俗に堕した見解といはねばなるまい。

赤人が下級の官僚であつたことは間違ひない。しかしそれだけに、行幸に従駕して、その時々の歌を作り、それを披露することは確かに「謹粛した晴れがましさ」を覚えることであつたに違ひないのであつて、後に取りあげる旅の歌にしても明るさこそあれ暗さを覚えさせるものは全く見られないのである。

島木赤彦の評論は彼自身の歌心が導き出したあくまで彼のすぐれた創作的評論といふ以外にはないのである。

五

それでは次に、「山部宿禰赤人が歌四首」として巻八に収められてゐる歌について触れてみたい。

山部宿禰赤人が歌四首

春の野にすみれ摘《つ》みにと来《こ》し我れぞ野をなつかしみ一夜《ひとよ》寝にける　（巻八・一四二四）
あしひきの山桜花日並べてかく咲きたらばいたく恋ひめやも　（巻八・一四二五）
我が背子に見せむと思ひし梅の花それとも見えず雪の降れれば　（巻八・一四二六）
明日よりは春菜摘まむと標《し》めし野に昨日も今日も雪は降りつつ　（巻八・一四二七）

これらの歌はいつ作られたか判然としないが、神亀年中又は天平初年頃であらうと推定されてゐる。

春の「野遊び」の折の宴の席での歌であらうと言はれてゐるが、四首は初め二首が男性の立場で作られて「問ひかけ」の歌となり、後《あと》の二首は女性の立場に立つて詠んだもので「返し」

の歌、つまりこの四首は問答歌の体裁でよまれてゐる。

前者は春への賞讃、それに対して後者は春への嘆息が歌はれてゐるのである。

それぞれの歌意を述べれば一首目は「春の野に菫を摘みにやつて来た自分は、その野の美しさに心引かれて一夜泊つてしまつたことよ」、二首目は「山の桜の花が毎日〳〵このやうに咲いたならばこんなにひどく恋しく思ふことがあらうか。」といふ意。特に二首目の歌は桜の花の短い盛りを賞し、その美を讃へる気持から、それを直截に言はずに、裏返しに表現してゐる。例へば古今集に見る歌、「世の中に絶えて桜のなかりせば春の心はのどけからまし」と同様に知功的で屈折性に富んだ歌である。春への賞美の強さを詠つてゐるのである。

三首目は「あなたに見せようと思つた梅の花が、それだとも見えません。雪が降つてゐますので。」、四首目は「明日からは春の若菜をつもうと縄を張りめぐらして心積りをして置いた野に昨日も今日も雪はふりつづいてゐます。」との意で、春の季節のままならない風趣、春への嘆息を叙してゐる。

これらの歌は、前者を恋の訴へと見て、後者ではそれを遠まはしに、婉曲に断つたものと解されないでもない。

客観的な叙景表現で知られる赤人の歌に、このやうな主観的な心情表現、観念的な詠風が見られることは興味深いことといはねばならない。

ただし、それにしても古今集と比して、相対的に即事性の強い点、やはり尖鋭な美意識を持つ赤人の歌として貴重なものである。

特にこれらの歌の持つ情調的な美しさが、知巧的で屈折に富む古今集の歌と通ふものを持ち、即ちそれの先駆的なものとして注目を集めてゐるものであることを記しておかう。

六

赤人は、長歌は柿本人麻呂に、短歌は高市黒人の影響を受けるところが多いとされてゐるが、次に黒人の歌と赤人のそれとについて検討してみたい。

黒人は柿本人麻呂と同じく持統・文武の両朝に仕へた歌人であり、歌は短歌のみ、歌数も僅かに十八首を残すだけで、しかもすべてが旅の歌である。

何所《いづく》にか船泊《ふなはて》すらむ安札《あれ》の崎こぎ回《た》み行きし棚無し小舟　(巻一・五八)
旅にして物恋《こほ》しきに山下の赤《あけ》のそほ船沖に榜《こ》ぐ見ゆ　(巻三・二七〇)
四極《しはつ》山うち越え見れば笠縫《かさぬい》の島榜ぎかくる棚無し小舟　(巻三・二七二)

あともひて榜ぎ行く船は高島の阿渡《あど》の港に泊《は》てにけむかも　（巻九・一七一八）

以上の四首は黒人の歌、次は赤人が詠んだ旅の歌である。

縄の浦ゆ背向《そがひ》に見ゆる沖つ島榜ぎ回《た》む船は釣《つり》し為《す》らしも　（巻三・三五七）
武庫の浦を榜ぎ廻《み》る小舟粟島を背向《そがひ》に見つつともしき小舟　（巻三・三五八）
沖つ波辺《へ》浪《なみ》安けみ漁《いさ》りすと藤江の浦に船ぞさわげる　（巻六・九三九）
朝なぎに楫《かぢ》の音聞こゆ御食《みけ》つ国野島の海人《あま》の舟にしあるらし　（巻六・九三四）

黒人の歌で一首目の歌は、昼間に属目した景を夜に入つて思ひ浮べ、「安礼の崎を漕ぎめぐつて姿を消したあの小舟はどうしただらう」と小舟の行先を案じたものであり、二首目は、「旅先にあつて、何とも言ひやうもなくもの恋しい気持でゐる折から、今まで山の下にゐた朱塗りの船が沖の方を漕いでゐるのが見える。」といふ意で、旅路での「もの恋しさ」を遠く離れて行く船に一層つのらせる、放ちやる術のない思ひを詠つたものである。

三首目は、四極山を越えて見渡すとその瞬間、眼下に笠縫の島が見られ、さらによく見ると、その「島かげに漕ぎかくれていく棚もない小さな舟が見える」といふのである。旅の心細さがだんだんに焦点をしぼつてゆく詠法によつて凝縮されてゐる歌である。

四首目は、「声をかけあつて調子を合せて漕いで行つた船は高島の阿渡の港に船泊りしたことであらうか。」と無事を案ずる思ひが詠はれてゐる。

いづれの歌も心のこもつた写生歌といふべきものであるが、歌の中に登場する舟は旅愁を載せて寂しく消え去つてゆくものとして詠はれてゐて、その消え去つてゆく舟は黒人を蔽ひ包む遣る方もない旅の愁ひを象徴して、深い寂寥感を覚えさせずには置かないのである。

先に黒人には十八首の旅の歌のみが『万葉集』に残されてゐると述べたが、この寂寥感はそのすべてに通ずるものと言つてよいのである。

ところで赤人の歌であるが、最初から二首は、巻三所載の「山部宿禰赤人が歌六首」の中の詠で、一首目の「縄の浦」は播磨灘に面した大きな入江のことであり、「背向《そがひ》」とは「後《うし》ろに」といふ意味、この歌は「沖の島を漕ぎ回つてゐる船は釣りをしてゐるらしい」と見たままの景観を描いてゐるが、旅景を讃美する思ひが見られる。

二首目は「粟島を後ろに見ながら都の方へ漕いでゆく羨《うらやま》しい小舟よ」と詠みあげて望郷の念をうたつたもの。三首目の歌は、「沖の波も岸辺の波も静かであるので、漁をするとて藤江の浦で船人がさわいでゐるよ。」と、漁夫たちの漁をするにぎにぎしい姿を写し出し、明るく和やかな景をとらへた歌である。

なほこの歌は、神亀三年（七二六）、聖武天皇が播磨の国の印南野《いなみの》に行幸なさつた時の従駕の歌の反歌として詠まれたもので現地の賑々しい様をよんで慶祝の意を表したのである。最後の一首は「朝なぎの海に楫の音が聞える。あれは天皇の御饌《みけ》を奉る国の野島の海人の舟であるらしい。」といふ意である。この歌は神亀二年（七二五）、先の歌より一年前、同じく難波の宮に行幸なされた時の歌の反歌で、漁民が喜々として御饌《みけ》を運んでゐる、つまり奉仕する海人たちの姿を描写し、それを通して天皇への讃歌の思ひを叙した歌である。

もとより時代も、それを詠んだ状況も異なるので一概に言ふことは出来ないが、ともあれ黒人の旅の歌と赤人の旅の上での歌には叙景歌としての共通性を持ちながら、例へば黒人の歌の中の舟は旅愁を載せて眼界から消え去つてゆく舟であり、赤人は舟を歌つて視界から消えてゆく舟は一つもなく、また旅愁を覚えさせるものもなく、むしろ舟は美しく安らかな眼前の世界に、和やかさ、あるひは賑々しさを添へるものとして詠はれてゐるのである。

黒人は焦点を小景にしぼつてそこに旅愁を託し、赤人は眼前の景を精緻に描きとどめてゐる。優劣いづれともつけがたいが、寂寥感をたたへた黒人の歌に対して赤人の歌には虔《つつ》ましさの中にほの温かい人間味が宿されてゐるといつたらよいであらうか。

七

以上、人口に膾炙されてゐる歌を中心に赤人の歌柄について述べてきた。終りに人麻呂の歌との比較において指摘されてゐる赤人の歌の特性について一言しておきたい。

人麻呂の歌が対象の素朴純粋な姿のうへに、自己の情意を強く、大きく、沈痛に、又は由来深く働きかけようとするところに特色があるのに対して、赤人の歌は感情の興奮を内に深く鎮めて蔵するところに、換言すれば静かに穏やかに対象をその素朴平明な姿のままに描き、あくまで対象の持つ真実を客観性の中に厳然と表現してゐる点に特性があるといはれてゐる。

赤人の歌は、さうした客観的描写の中に油然としてにじみ出るやうに、作者の深くひそめる感奮と情熱を表現するところに、写生歌としての透徹した姿があるのである。赤人の敬虔温雅な性格が生みだしたものと言ふ以外にはないであらう。

翻つて思ふに、静的で人をしておのづからに作者の情懐に親和を覚えさせずには置かない点、それは宮廷歌人としての洗練された赤人の心高き人徳によるものと言つたらよいであらうか。

大伴旅人と清雅な世界

一

芭蕉は「旅に病んで夢は枯野をかけめぐる」の一句を残して元禄七年（一六九四）十月十二日、五十一歳でもつてこの世を去つた。

その芭蕉が敬慕してやまなかつた西行は「願くば花の下にて春死なんそのきさらぎの望月のころ」と詠み、その悲願の通りに建久元年（一一九〇）旧暦二月十六日、七十三歳で往生の素懐を遂げた。

風雅の道にひたすら生きた二人の生涯は真実にしてみやびな生きざまを歴史の上にとどめた。二人のさうした生き方死に方は、純粋無垢に感動する心根を共有する多くの人々に無限の感動を与へて来た。

思ふにここに取り上げる大納言にして万葉集を代表する歌人の一人である大伴旅人は、これら人生の真実に深くふれて生きた人々の先駆的な存在であつたといつてよいであらうか。
旅人は天平三年（七三一）七月二十五日、六十七歳で生涯を閉じた。
旅人が詠んだ最後の歌に「寧楽《なら》に在りて故郷を思ふ歌二首」がある。

須臾《しましく》も行きて見てしか神名火《かむなび》の淵は浅せにて瀬にかなるらむ　（巻六―九六九）

―しばらくの間でも行つてみたいものだ。あの神名火の深い淵は今は浅くなり瀬となつてゐるだらうか。―

推進《さすすみ》の栗栖《くるす》の小野の萩の花散らむ時にし行きて手向《たむ》けむ　（巻六―九七〇）

―栗栖（飛鳥の一部）の小野の萩の花が散るだらう頃には、故郷に行つて神祭りをしよう。―

これらの二首の歌は、生れ故郷であり壮年時代までを過した飛鳥へのやみがたい思慕の情を詠ひあげたものに他ならない。

生涯の終りに、恐らくこれらの歌をふまへての事であつたらう、死の床にあつた旅人は、「萩の花は咲いてゐるか」との言葉を残して死出の旅に旅立つたといふ。

かくのみにありけるものを萩の花咲きてありやと問ひし君はも　（巻三—四五五）

—今日はこんなに萩が咲いた。それにこの間、花はもう咲いてゐるか、とお問ひになつた御主人様よ。—

この歌は旅人の資人《つかひびと》の一人であつた余明軍が、主君旅人への挽歌としてよんだ五首の中の一首であるが、この歌に見るやうに、「萩の花咲きてありや」とたづねて命絶えた旅人の最期は、あはれにもみやびにつゝまれたものと言はねばならない。

小さな美しい花を無数につけてつつましくも咲きにほふ萩の花を死の床に思ひ浮べながら、恐らくは萩の花咲く野辺で愛妻大伴郎女との恋の語らひをしたであらうその飛鳥の里に思ひをはせながら、静かに生命絶えた旅人の臨終の姿は、旅人がその晩年に詠んだ数々の歌を読み来る者に、何とも言ふ術のない感懐を与へずには置かないことであらう。

旅人は『万葉集』の中に七十数首に及ぶ歌を残した。一首の長歌をのぞいて他はすべて短歌である。しかも神亀元年（七二四）暮春、聖武天皇の吉野行幸に従駕した際の長・反歌（巻三・三一五・三一六）以外はすべて大宰府赴任後に詠んだものである。

旅人が大宰帥（長官）として筑紫に赴いたのは神亀五年（七二八）として、時に六十四歳、従つてそれらの歌は旅人晩年の凡そ四年間に詠まれたものに他ならない。

このやうに大宰府赴任後に詠歌が集中してゐるのは、一つには到着後旅の疲れをいやす間もなく愛妻大伴郎女の急死にあひ今更の如く人生の無常さを深く痛感したことと、二つには中央での政治生活の煩雑さから離れ、ある意味では時間をもて余すほどの余裕のある生活が生じたこと、三つには旅人の赴任より以前にこの地に在つた筑前国守山上憶良との出会ひがあり、相互に刺激しあつて歌作に心を用ひたこと、さらには老いゆく身を嘆く心をいやす思ひにかられたこと等が考へられるのである。

旅人の歌は先学の説くところに従へば、大きく分けて三つの領域が考へられる。

第一は、他人に贈与する為に、読者を予定して作為したもの、第二は、特に創作意識が働いて、特殊な構想を有し、特殊の内容を歌つたもの、第三は、独自の境涯に在つて自由に歌つたものである。なほ第三については、亡妻への限りない追慕の情を詠つたうた、寧楽・飛鳥への望郷の念の押へがたい思ひを叙したうた、老いゆく身の嘆きを述懐したうたの三分野に分つことが出来るのである。

旅人はいふまでもなく、万葉集で言へば第三期の歌人である。

第三期は飛鳥藤原宮から奈良へ都が遷された和銅三年（七一〇）から天平五年（七三三）まで

の前後二十四年間とされてゐるが、この期は『古事記』『日本書紀』の撰進、「養老律令」の撰修等前代から引き続いた国家的大事業が完成し、さらに『風土記』撰進の事業も進められ、一方大陸文明の輸入もますます盛んになり、いはゆる天平文化が築かれて行つた時期に当る。しかしてこの時期は個への自覚の進んだ歌人が輩出し、個性ゆたかな独自の境地を開拓し深化させた、さうした時期であつた。

自然詠にすぐれ、深く澄みとほるやうな叙景歌を完成した山部赤人、人間の苦悩や貧に苦しむ社会の実相などを歌ひ上げた山上憶良、説話・伝説等を詳細鮮明に歌つた高橋虫麿など旅人と並ぶ歌人が名をつらね、そのほか笠金村・車持千年・沙弥満誓・小野老等が活躍したのである。女流歌人として著名な大伴坂上郎女もこの期から第四期にかけて活躍した人であつた。

なほこの時期は都市化されてゆく文化状況のなかで、自然と人間とが分断されることによつて、かへつて自然への観照性が確立され、歌はいよいよ抒情性を深め、一方叙景歌的なものへの傾斜が急速に進み、前述したやうに多様な歌風を生んだこと、さらに旅人・憶良の歌に見られるやうに漢詩文的教養が作歌の基盤となつた創作的な虚構の歌が出現したことも付け加へて置かねばなるまい。

さて、旅人の歌風について一言すれば、極めて素直な詠みぶりの中に美しい抒情をふくみ、しかも風流清雅の境地をひらき、内に寂寥と憂愁とをつつみながらも淡々とした流れるやうな格調に特徴がある、といってよいだらう。

それでは旅人が、自分に与へられたさまざまな運命と対面しながら、「萩の花咲きてありや」の言葉を残して旅立つまで、如何なる生をつないだか、旅人の詠み残した歌を追ひながら考へてみることにしたい。

二

六十歳を越えた身で大宰帥に任ぜられた旅人としては、それが必ずしも左遷ではなかつたにせよ、新興勢力である藤原氏一族が着々として権勢の地歩をかためつつあつた情勢の中での遷任は何かと気の進まないものであつたに違ひない。それはともあれ長い旅路を経て筑前の地に到着した時、養老二年（七二〇）西南の隼人の叛乱に際して征隼人持節大将軍としてこの地を訪づれたことのあつた旅人としては、懐しい思ひとともにほつと安堵の胸を撫でおろすところがあつたであらう。しかもそれも束の間、到着後間を置かず最愛の妻大伴郎女の急死に遭遇したことはどれほど深く旅人の心を悲傷させたことであつたらうか。その後、事につけて詠み残した数々の亡妻追慕の歌は、旅人の心情の純粋にしてその悲嘆の深淵さを覚えさせずには置かないのである。

世の中は空しきものと知る時しいよよますます悲しかりけり　（巻五―七九三）

この歌は妻郎女の急死に当つて、京師から差向けられた弔問使に示した歌である。この歌には神亀五年六月二十三日と日付が記されてゐる。妻郎女の急死はこの年の春夏の頃であつたと考へられるが、一首の意は「世の中を空と知解した時、逆にいよいよ悲しさを感じたことよ。」といふことにならう。つまり、世の中の事を空として身に沁々と体得するとき妻の死も無常と観念して、すべてを空として仏教的に諦めることが出来る筈なのに、それが出来ずに却つていよいよ悲しさを感じたと詠つてゐるのである。いかにも旅人の体験の真実に立つた、率直な告白の歌といはなければならないが、知識的な理解の限界、その極点に立つて詠はれたこの歌は、それだけに旅人の悲嘆の深さを伝へ心を打つのである。

なほこの歌には「禍故《くわこ》重畳し、凶問累集す。永《ひたぶる》に崩心の悲しびを懐き、独り断腸の泣《なみだ》を流す。但《ただ》両君の大きなる助に依りて、傾命《けいめい》を纔《わづか》に継《つな》ぐのみ。」（原漢文）との詞書《ことばがき》が記されてゐる。「禍故重畳」――わざわいが重なり、「凶問累集」――不審なことがしきりに集まる、とは一体何事を意味したのか、一つには妻郎女の急死を指すことはいふまでもないが、他は何とも知る術もない。「傾命纔《ニ》継《グ》耳《ノミ》」—かたむきかけた命をわずかにつなぐばかりです、との言葉にはまこと真実がある。

もとよりこの歌は贈る相手を考への作為された歌である。それにしても下の句の「悲しかりけり」には、冷たい風が吹き渡つて行くような淋しさを感じさせ、旅人の素直さ、純情さを覚えさせるものがあるではないか。旅人はこの歌をはじめとして、残された生涯を通してつぎつぎと亡妻追慕の歌を詠みつづけるのである。

愛《うつく》しき人の纏《ま》きてし敷栲《しきたへ》のわが手枕《たまくら》を纏《ま》く人あらめや　（巻三—四三八）

この歌は「右一首別《わか》去《レテ》而経《ヘテ》数旬《ヲ》作《ル》歌」として巻三に掲載されてゐるものである。旬は十日、死別して数十日が経つての作である。「いとしい人が枕にした私の手枕をまた枕にする人があらうか。」といふ意であり、独りねる堪へがたさが極めて素直に叙されてゐる歌である。ところで、この歌について国文学の大家であり秀れた歌人であつた佐々木信綱博士は、「作者、この時六十四歳。この老齢を以つてかかる歌を詠み得た万葉人の真率さは、まこと尊いといわねばならぬ。」と評してをられるが、まさしく亡き妻を追慕してやまない至純な思ひの測々として迫るうたである。

還《かへ》るべき時は来にけり京師《みやこ》にて誰が手本《たもと》をか吾が枕かむ　（巻三―四三九）

京《みやこ》なる荒れたる家にひとり寝ば旅にまさりて苦しかるべし　（巻三―四四〇）

この二首は天平二年冬十二月、「近く京に向ふ時に臨んで作る歌」として、同じく巻三に見る歌である。

前者は、「京に帰ることのできる時がやつて来た。しかしその都で誰のたもとを自分は枕にしようとするのか。枕する人もいないのではないか。」といふ意であり、後者は「京にある荒れた家にひとりでねたならば旅の苦しさにもまして苦しいことであらう。」との意である。

特にこの歌の中の「京なる荒れたる家」は、いろいろの思ひのつきまとふ家であり、また「旅の苦しさ」は帰京の道中の難儀を指すことはもとより、さらには旅の空である大宰府での生活、殊に望郷、嘆老等の思ひにさいなまれた苦しさを含むものであつて、淡々とした詠ひ振りの中に亡妻への追慕の思ひが深く宿されてゐるのである。

妹と来し敏馬の崎を還るさに独りし見れば涙ぐましも　（巻三―四四九）

往くさには二人わが見しこの崎を独り過ぐればこころ悲しも　（巻三―四五〇）

この二首は大宰府からの帰還の途次、「敏馬の崎を過ぐる日に作る歌」として詠まれたもので、前の歌は「妻と共にきた敏馬の崎を帰路にひとりで見ると涙ぐましいことよ。」といふ意である。けだし「涙ぐまし」とは溢れ出ない、にじむ涙のことであり、この一語には敏馬の崎を通り過ぎてゆく船上に立ちつくす旅人の孤影とともに、その崎をじつと見つめる目に湛えられた悲しみが表現されてゐるのを知らねばならないのである。

次の「往くさには」の歌は「行きがけにはわれわれ二人で見たこの崎を今ひとりで通るところ悲しいことよ。」といふ意味にならう。

いづれの歌も素直な、しかも底籠る悲懐のもられた純情そのものの歌といはねばならない。

さてこの外、亡妻追慕の思ひを叙した歌はなほ数首にとどまらないが、それらは割愛して、次に知的抒情歌人としての名を高からしめた連作、「故郷の家に還り入りて即ち作る歌三首」を取りあげて、旅人の面目について考へてみたい。

人もなき空《むな》しき家は草枕旅にまさりて苦しかりけり　(巻三―四五一)
妹として二人作りしわが山齋《しま》は木高く繁くなりにけるかも　(巻三―四五二)
吾妹子が植ゑし梅の樹見るごとにこころ咽《む》せつつ涙し流る　(巻三―四五三)

この三首はひと続きの歌であつて、いはゆる連作である。

第一首の「人もなき」とは、もとより留守邸をあづかる人がゐた筈だから、この「人」はもちろん妻を指すと考へられる。従つて「妻のいないがらんどうの空《うつ》ろな家は旅の空の難儀にもまして苦しいことであるよ」といふ意である。

先に大納言に任ぜられて帰京が決定した際に詠んだ「京なる荒れたる家にひとり寝ば旅にまさりて苦しかるべし」との歌と重ね合せてよむとき、当然そのことは予想されたことであつたであらうが、三年に及ぶ異郷での不如意の生活を終はつて、実際にわが家に一歩を踏み入れた時に覚えた思ひとしての「苦しかりけり」の言葉に籠もる感懐には、いかにも現実味があつて呆然と立ちつくす旅人の姿を眼前に思ひ描かしめずには置かないものがある。

第二首は、屋敷の中の庭園に目を移して、「妻と二人で作つた庭園」の実景そのままを写し取つたうたである。

「木高く繁くなりにけるかも」―木は高くなり繁りあつてゐることよ―といふ庭園の実写には、年月の経過と人事の変転を黙々として語るものを見ての嘆きが表象されてゐるのであり、哀感の一だんと迫るものを覚えさせる。

続いて第三首は更にその目を転じて、庭園の中の「吾妹子」―いとしい妻が植ゑた「梅の樹」に目をそそいでの感動をうたつてゐるのである。

一首の意は「いとしい妻が植ゑた梅の木を見る毎に心のつまる思ひに涙が流れてやまないことだ」といふのである。

家から庭へ、そして木へと焦点をしぼつて、をはりに感動が極点に達した状況を詠ひあげたこの連作はまことに見事であるといはねばならない。

然して心情にしても、また表現においても、極めて自然で何の技巧もない、殊に目立つことのない言葉の中に、無限の感動をたたへた、淡々として流れるが如きこれらの歌に見られる情調は、旅人にしてはじめて詠じ得られたところなのである。

考へても見るがよい、この時旅人六十六歳、それでゐて、妻への、まるで青年のやうな思慕を訴へてゐる感があるではないか。

まさしく旅人は青年に見るやうな純情を生涯持ち続けた人であつたのだ。

旅人は大納言大伴安磨呂の長子として生を享けた。貴族の社会に生れ育つた訳だが、旅人にはいはゆる尊大や蔑視や頽廃といふやうな貴族的心理の一面を伺はせるものはなく、怨恨、屈辱、羨望の心状から解放された典雅、高貴、洗練等の貴族的特性をよく身に持した人であつたと考へられるのである。

なほ旅人は大宰帥に在任中、望郷の歌、あるいは嘆老の歌を多くものした。幾首かを示せば、

浅茅原《あさじはら》つばらつばらにもの思へば故《ふり》にし郷《さと》し思ほゆるかも　（巻三―三三三）

―つくづくと物を思ふと昔住んだ里（飛鳥）のことが思はれてくることよ―

あは雪のほどろほどろに降りしけば平城《なら》の京《みやこ》し思ほゆるかも　（巻八―一六三九）

―沫雪がうすくまだらに降り積ると奈良の都が思はれてくることよ―

この二首、望郷の思ひやみがたくして詠んだもの。

わが盛りいたく降《くだ》ちぬ雲に飛ぶ薬はむともまた変若《を》ちめやも　（巻五—八四七）

—わが盛りの年はひどく衰へたことだ。雲上を飛ぶようになる仙薬を飲んだとしてもまた若変ることはあるまい。—

雲に飛ぶ薬はむよは都《みやこ》見ばいやしき吾が身また変若《を》ちぬべし　（巻五—八四八）

—雲の中を飛ぶやうな仙薬を飲むよりは一目でも都を見たらいやしい吾が身も若変るにちがひない。—

わが盛《さか》りまた変若《をち》めやもほとほとに寧楽《なら》の京《みやこ》を見ずかなりなむ　（巻三—三三一）

—わが盛りは再び若変ることがあらうか、どうやら奈良の都を見ないでしまふ事になるのではなからうか。—

これらの歌は老いゆく身を嘆く旅人のありのままの思ひが叙された真情こもる歌といはねばならぬであらう。

以上取り上げた種々《くさぐさ》の歌は旅人が独自の境涯にあつて、心の赴くままに自由に詠んだものに他ならない。

三

さて大宰帥在任中の旅人は亡妻追慕・望郷・嘆老の思ひを詠ひ、それらの歌を通して人生の真実に沈潜し、それこそは旅人の生きる心の支へであつたに違ひないのである。ところで在任三年目に入つた天平二年（七三〇）の正月十三日、旅人は、「梅歌の宴」を開き、それに続いて創作歌――いはゆる文学性を持つた虚構の歌である「松浦河に遊ぶ序」を作るなど、風雅の遊びに心を用ひるところがあつた。

やうやく大宰府の生活にもなじみ、いささか心安んずるところが生じたためであつたらうか。それともそれは前述したやうな憂愁に苦しめられる思ひをいやすための、憂ひあればこその逃避の場であつた、といふことであらうか。

「天平二年正月十三日に、帥老《そちのおきな》の宅《いへ》に萃《あつ》まりて、宴会を申《の》ぶ。時に、初春の令月《れいげつ》にして、気淑《よ》く風和《やはら》ぐ。梅は鏡前《きやうぜん》の粉《ふん》を披《ひら》き、蘭は珮後《はいご》の香《かを》を薫らす。加之《しかのみにあらず》、曙《あけぼの》の嶺《みね》に雲移り、松は羅《うすもの》を掛けて蓋《きぬがさ》を傾く。夕の岫《くき》に霧結び、鳥は縠《うすもの》に封《こ》められて林に迷ふ。庭に新蝶舞ひ、空に故雁帰る。ここに天を蓋《きぬがさ》にし地を坐《しきゐ》にし、膝《ひざ》を促《ちかづ》け、觴《さかづき》を飛ばす。言を一室の裏《うち》に忘れ、衿《ころものくび》を煙霞《えんか》の外に開く。淡然《たんぜん》に自《みづか》ら放《ほしいまま》にし、快然に自ら足る。もし翰苑《かんえん》にあらずは、何を以《もち》てか情《こころ》を攄《の》べむ。詩に落梅の篇《へん》を紀《しる》す。古と今と夫《そ》れ何ぞ異《こと》ならむ。宜《よろ》しく園の梅を賦して聊《いささ》かに短詠を成すべし。」

この一文は「梅歌の宴」で詠はれた三十二首の歌に添へられた「序文」（原漢文）である。

文中、冒頭に記されてゐるやうに、天平二年（七三〇）正月十三日大宰府の旅人邸で盛大な宴《うたげ》が催されて、参会した九州治政の要人たちが折から咲きにほふ梅の花を見て歌を作り、それぞれにその「梅花の歌」を披露しあふに先立つて、主人旅人が挨拶をしたであらうその内容が、文章化されたものがこの「序文」に他ならない。

大宰大弐《だいにの》紀《き》卿《きやう》をはじめ、小弐《せうに》の小野朝臣老《をのあそみおゆ》、同じく粟田朝臣人《あはたあそみひと》、筑前守《つくしのみちのかみ》山上憶良、豊後守《とよのみちのしりのかみ》大伴大夫《だいぶ》、筑後守《つくしのみちのしりのかみ》葛井大夫《ふじゐのまへつきみ》、観世音寺の別当沙弥満誓《さみまんせい》など、『万葉集』に有名をとどめた人々をはじめ旅人を含めて三十二名が次々に自作の「梅」を詠んだ歌を披露しあふ宴《うたげ》の様は、想像するだに盛大にして華麗、参会した人々に快い興奮と知的満足を与へたことであつたらう。

考へて見るに、前にも記したやうに老齢の身での大宰帥への遷任は気の進まないことであつたに違ひないし、遠路難儀を重ねながらやつと到着した筑紫の地でほつと一息つく間もなしに愛妻の急死にあひ、また心残りであつた京では年来深い信頼と期待を寄せてきた長屋王が藤原氏の策謀によつて死に追ひやられたといふ事件を仄聞するにつけても、旅人にとり大宰府での生活は憂愁を禁じ得ないものであつたに違ひないのである。

旅人に望郷の念抑へがたい歌の数々を見るのはさうした事情の反映と見てよいであらうが、さうした中での「梅歌の宴」は旅人をして喜悦を覚えさせる唯一の大いなる遊びであつたことは言ふまでもない。


我《わ》が園《その》に梅の花散るひさかたの天《あめ》より雪の流れ来るかも　（巻五―八二二）

これが「梅歌の宴」で主人旅人が披露した歌である。

何とものびやかな歌である。一首の意は、「わが家の庭に梅の花が散る、あるいは大空から雪が流れてくるのであらうか。」といふことにならう。

さて三月に入つての事と考へられる。旅人は松浦潟に入る玉島川（佐賀県東松浦郡浜玉町）の地を訪れて、「松浦河に遊ぶ序」の創作をなした。

松浦河、今の玉島川の事だが、その川畔は吉野の仙境を想像させるところとしての聞こえがあつたといはれるが、旅人はそれに心惹かれてこの地を訪づれたものと思はれるのである。

或る日筆者もその地を訪ねて、奈良吉野の景観と思ひ比べて、いささか感慨を深くしたことであつた。

さて、「松浦河に遊ぶ序」を示せば次の通りである。

松浦河に遊ぶ序

余《われ》、たまさかに松浦《まつら》の県《あがた》に往《ゆ》きて逍遥《せうえう》し、いささかに王島の潭《ふち》に臨みて遊覧するに、たちまちに魚《うを》を釣《つ》る娘子《をとめ》たちに値《あ》ひぬ。花容《くわよう》双《なら》びなく、光儀《くわうぎ》匹《たぐ》ひなし。柳葉《りうえふ》を眉《まよ》の中《うち》に開《ひら》き、桃花《たうくわ》を頬《ほほ》の上《うへ》に発《ひら》く。意気《いき》は雲を凌《しの》ぎ、風流は世に絶《すぐ》れたり。僕《われ》、問ひて「誰《た》が郷《さと》誰《た》が家の子らぞ、けだし神仙《しんせん》にあらむかと」といふ。娘子《をとめ》ら、みな咲《ゑ》み答へて「児等《われ》は漁夫の舎《いへ》の児、草庵の微《いや》しき者なり。郷《さと》もなく家もなし。何ぞ称《な》り云ふに足らむ。ただ性《ひととなり》水に便《なら》ひ、また心《こころ》山を楽しぶ。あるいは洛浦《らくほ》に臨みて、いたづらに玉魚《ぎょくぎょ》を羨《とも》しぶ、あるいは巫峡《ぶかふ》に臥《ふ》して、空《むな》しく煙霞《えんか》を望む。今たまさかに貴客《うまひと》に相遇《あ》ひ、感応に勝《あ》へず、すなはち欵曲《くわんきょく》を陳《の》ぶ。今より後《のち》に、あに偕老《かいらう》にあらざるべけむ」といふ。下官《われ》、対《こた》へて「唯々《をを》、敬《つつし》みて芳命を奉《うけたま》はらむ」といふ。時に、日は山の西に落ち、驪馬《りばい》去なむとす。つひに懐抱《くわいほう》を申《の》べ、よりて詠歌《えいか》を贈りて

曰《い》はく、

あさりする海人《あま》の子どもと人は言へど見るに知らえぬ貴人《うまひと》の子と　（巻五―八五三）

答ふる詩に曰《い》はく

玉島のこの川上《かはかみ》に家はあれど君を恥《やさ》しみあらはさずありき　（巻五―八五四）

蓬客《ほうかく》のさらに贈る歌三首

松浦川《まつらかは》川の瀬光り鮎《あゆ》釣《つ》ると立たせる妹が裳《も》の裾濡《すそぬ》れぬ　（巻五―八五五）

松浦なる玉島川《たましまがは》に鮎《あゆ》釣《つ》ると立たせる子らが家道《いえぢ》知らずも　（巻五―八五六）

遠つ人松浦の川に若鮎釣る妹《いも》が手本《たもと》を我れこそまかめ　（巻五―八五七）

娘子《をとめ》らがさらに報《こた》ふる歌三首

若鮎釣る松浦の川の川なみの並《なみ》にし思はば我れ恋めやも　（巻五―八五八）

春されば我家《わぎへ》の里の川門《かはと》には鮎子《あゆこ》さ走《ばし》る君待ちがてに　（巻五―八五九）

松浦川七瀬《ななせ》の淀《よど》は淀むとも我は淀まず君をし待たむ　（巻五―八六〇）

後人の追和《ついわ》する詩三首　帥老《そちのおきな》

松浦川川の瀬早み紅《くれなゐ》の裳《も》の裾濡《すそぬ》れて鮎か釣るらむ　（巻五―八六一）

人皆《ひとみな》の見らむ松浦の玉島を見ずてや我れは恋ひつつ居《を》らむ　（巻五―八六二）

松浦川玉島の浦に若鮎釣る妹《いも》らを見るらむ人の羨《とも》しさ　（巻五―八六三）

まずこの「序」の性格について述べれば、「松浦河に遊ぶ序」は中国唐の張文成の作である『遊仙窟』や唐の詩文集『文選』の中の遊仙の詩を土台として構想された、実際にはないことを創作した虚構の作品なのである。

『遊仙窟』では、ある官人が積石山の仙窟に赴いて、二人の仙女に遭ひ、詩を贈答して偕老（夫婦）の契りを結んだことを叙してゐるが、この「序」では「玉島の潭《ふち》」を神仙の女たちが若鮎を釣る別天地と見たてて、もともと漁夫の子である乙女たちをこの世の人でない神仙の女に擬して、この女性たちと恋をしたらどうなるのだらうかと、第三者的な立場に立つて物語化した、即ち今でいふ小説として描がいたのがこの「松浦河に遊ぶ序」である。

歌について触れれば、序文の中の内容をうけて、「漁をする海人の子であるとあなたは言ふけれども一目見て知れましたよ、良家の娘さんといふことは。」と語りかけ、それに対して、「玉島川のこの川上に家はありますが、あなた様があまりに立派だから、照れてしまつて、素性を申せませんでした。」と答へることから話は展開するのである。

そこで蓬客たちは、「松浦川では川の瀬が輝き、あゆをつるとて立つておいでのあなたの裳のすそは鮮やかにぬれてゐますよ。」と、心ときめく思ひを叙べ、それにしても「松浦にある玉島川で鮎を釣らうと立つておいでのあなたの家への道を私は知らないことです。」と訴へ、家への道を教へて下さいとの願ひを伝へ、続いて「遠い人を待つではないが、松浦川に若鮎をつるあなたの腕を私こそ枕にしたいことです。」と求婚の思ひを訴へるのである。

女性たちはそれに対して、「若鮎を釣る松浦の河の河波のやうに並一通りの思ひなら、どうしてこんなに恋ひこがれませうか。」と詠ひ、続いて「春がやつて来たら吾が家のある里の川の両岸のせまつたところでは、鮎子がちゆつちゆつと走つてゐますよ。あなたさまを待ちあぐねて。」と叙べてやまないのである。特にこの歌の「鮎子さ走る」の部分には、時めく女心が、ひかへめに、つつましく、象徴的に表現されてゐて、登場する女性たちの奥ゆかしさが描かれて見事といはなければならない。

三首目では「松浦川の瀬々の淀みは、どんなに淀もうとも私はためらはずにあなたをお待ちいたしませう。」と心のうちを切々と訴へてゐるのである。

話はひとまずここで終るのだが、所詮は恋の呼びかけに終つて恋の完成を見ないのである。しかし、それだけにその事は好奇心を誘ふ余韻と余情を生み、かつ一種の気品が保たれてゐるといふべきか。

続いてこの話をきいて作つたという帥老の歌三首は、夢幻の世界から現実の世界へ回帰した話となつて、この物語を立体化し奥行きの深いものにしてゐる。

さて、この序並びに歌をものした動機は何であつたのか。いろ〳〵な事が言はれてゐるが、玉島川畔が吉野の風土に似たものがあるとの風聞に強く心を動かされて、たま〳〵この塵外の佳境に遊び、その美しい景観に触発されて、ここを神仙の世界に転化させて、この歌を作つたものと考へられるのである。もとより寂寥と憂悶を抱いて日々を送つてゐた旅人がそれらの思ひをいやす逃避の世界として、心を遊ばせるものであつたことは十分に考へられるであらう。

それにつけても何と旅情のすがすがしく、心のうひうひしく、旅人の人柄の純粋さ、心の豊さを伝へずには置かない作品であることか。

実は旅人は「梅歌の宴」の歌文とともに「松浦河に遊ぶ序」を奈良に住む知己であつた吉田宜のもとに送つてゐるが、よほど得意な心ゆくものであつたが為であつたらう。

四

次にいま一つ触れて置かねばならないのは「酒を讃ふる歌」として詠んだ十三首の歌についてである。これらの歌はいつ作られたのか、神亀六年（七二九）長屋王賜死の事件があつた後間もない頃の作とする説と、天平二年、「梅歌の歌」、「松浦河に遊ぶ序」が作られた頃で、それらと一連のものとする説があるが、後者と考へる方が実情に副ふものと言つてよからうか。

験《しるし》なき物を思はずは一杯《ひとつき》の濁れる酒を飲むべくあるらし　（巻三―三三八）
賢《さか》しみと物いふよりは酒飲みて酔泣《ゑひなき》するしまさりたるらし　（巻三―三四一）
あな醜《みにく》賢《さか》しらをすと酒飲まぬ人をよく見れば猿にかも似る　（巻三―三四四）
今の世に楽しくあらば来む世には蟲に鳥にもわれはなりなむ　（巻三―三四八）
生者つひに死ぬるものにあれば今の世《こ》なる間は楽しくをあらな　（巻三―三四九）
黙然《もだ》居りて賢しらするは酒飲みて酔ひ泣きするになほしかずけり　（巻三―三五〇）

ここでは十三首のうち六首を取り上げたが、これらの歌の中でも見られるやうに、繰返し「賢《さか》しら」を軽蔑し、「酔ひ泣き」を讃へる旅人の姿が伺はれるのである。これらの歌は漫然と並んでゐるのではなく、意図的に構成された一連の歌だといふ説が一般化してゐるがその詮議は措いて、これらの歌に見られる現世を謳歌する立場や刹那的享楽的な考へ方は、仏教や儒教の教示するところとは相容れないものであつて、それらの学問教養を深く身に体してゐた旅人として何とも理解しがたい点である。もとより老荘思想への理解はあつたであらうが、酔ひ泣きによつて心を晴らすことに唯一の救ひがあると詠ひあげたこれらの歌は、旅人の憂ふるところが如何に深かつたかを物語るといふものであらうか。

一首目の「験しなき物」とは「甲斐のない物思ひ」といふ意である。具体的に言へば風聞する政情への不満、嘆老、望郷、亡妻追慕の嘆きなどを指すものと考へられるが、これらは旅人個人の力ではどうにもならない、それこそ思つても甲斐のないことであつたのである。二首目の「賢《さか》しみ」は第三・六首目の「賢しら」と同意で、つまり「君子面をしながら表裏のある人間」や「利口ぶつて要領よく立居振舞をすること」のいまいましさを難じたものといつてよからう。「酔ひ泣き」するとは、「赤裸々な人間らしさを露呈すること」を示すものであらう。

これらの歌に就いてもいろんな憶測がなされてゐるが、ともかくも「賢しら」を難ずる心から解放されて淡々とした境地にありたいといふ切なる願ひを持ちながらもそれが出来得ない苦悩が生み出したものではなかつたらうか。

もとより虚構の作品に違ひないが、取りすました旅人像を伺ふことは出来ず、やはり旅人の純粋さ、いつはることの出来ない思ひの所産といふべきであらう。戯れの虚構の歌といふにはいささか深刻な歌である。

五

さて以上記したやうに、歌をもつて心の遊びの世界をつくり出した旅人は、天平二年（七三〇）十二月、帰京の途についた。老いし身にとつての三年の滞在は長くそして不安のつきまとふ日々であつたであらう。自己との戦ひの日々であつたに違ひないのである。さうした中で遊行女婦《うかれめ》「児島」との交りがあつたことは注意されてよいであらう。帰京に際して交はされた二人の贈答歌はそれを物語つて哀痛を覚えさせずには置かないと同時に旅人の人柄を伝へるものとして貴重である。次にその点について触れて置きたい。

遊行女婦はもと神を祭る巫女《みこ》であつたが、後に貴人の宴に侍り、歌舞音曲に携はることを業とした者の謂《いひ》である。容色に優れ、可成りの教養を備へてゐたと思はれる。

凡《おほ》ならばかもかも為《せ》むを恐《かしこ》みと振り痛《た》き袖を忍《しの》びてあるかも　（巻六―九六五）

倭《やまと》道《ぢ》は雲隠《がく》りたり然れども我が振る袖を無礼《なめ》しと念《おも》ふな　（巻六―九六六）

この二首、「冬十二月、大宰帥大伴卿の京に上りし時、娘女《をとめ》の作れる歌二首」として巻六に掲載されてゐるもの、遊行女婦「児島」が旅人の送つた歌である。

一首の意は「あなた様が並の方であつたら、ああもしかうもしませうに、おそれ多くて、いつもならはげしく振る袖を振らずに我慢してゐることですよ。」といふ意であり、二首目では「大和の国の方は遠く雲にかくれてゐます。そのやうにあなた様と私との身分は遠くはなれてゐますが、私がお別れを惜んで振る袖をどうか無礼だなどとお思ひにならないで下さい」と訴へてゐるのである。

この二首には「右は大宰帥大伴卿、大納言に兼任して、京に向ひて上道《みちだち》す。此の日馬を水城に駐《とど》めて、府家を顧み望む。時に卿を送る府吏に中に遊行女婦あり。其の字《あざな》を児島《こじま》と曰《い》ふ。ここに娘女《をとめ》、此《こ》の別るることの易きを傷《いた》み、彼《そ》の会ふことの難きを嘆き、涕《なみだ》を拭《のご》ひて、みづから袖を振る歌を吟《うた》へり。」の後書《あとがき》がある。

「別るることの易きを傷み、彼《そ》の会ふことの難きを嘆く」に至ることは充分にわかつてゐた筈であるのに、さういふ運命にあるのが彼女たちの立場であつたが、しかしいざ別れとなるとさう単純に割切れないのが男女の中であり、これらの歌には惜別の情いやし難い切々とした感情がこもつてゐてまことに悲しくも哀れである。

ところで旅人はこれらの歌に対して次のやうに「和《こた》へたる歌二首」を詠んだ。

倭道《やまとぢ》の吉備《きび》の児島を過ぎて行かば筑紫の児島思ほえむかも　（巻六―九六七）

大夫《ますらを》と思へるわれや水茎《みづくき》の水城《みづき》の上に涙拭《のご》はむ　（巻六―九六八）

一首目の「吉備の児島」は岡山県児島半島、以前は島であつた。つまりこの歌は「大和へ行く道中の、吉備の国の児島を通つたならば、きつと同じ名の筑紫の児島、あなたの名が思ひ出されるであらうかなあ。」といふ程の意である。

歌としては平凡な挨拶の歌で、さりげない淡々とした詠ひ方であつて、情《つれ》ない思ひをさせる歌と思はれるであらうが、実際は感情の抑へられた歌として理解されねばならないのである。大官旅人としては自分の立場を考へるとき、これが精一杯の思ひの伝へ方であつたのである。

二首目の歌は、「堂々たる男子と思つてゐる私がこの水城の上に立つて、別れを悲しんで涙をぬぐうことであらうか。」といふ意であり、別に下の句の部分は「涙をぬぐうといふ事があるべきであらうか。」と解釈する向もあつて、或いはその方が真意に近いかもしれない。ともあれ堂々たる男子が涙を流すといふやうな事はすべきでないと思ひつつもその涙をとどめることが出来ないといふ心が詠はれてゐるのであつて、激情の底ごもる歌といつてよいであらう。

これらの歌は衆人環視の中でとり交はされたものか、それとも事前の贈答歌であつたのか、いづれとも決しがたいが、あはれにも悲しい歌であり、特に大官旅人が大官たる権威を保ちつつも人情味篤い人としての自分をかくすことの出来ない人であつた点に何とも言ひやうのない感銘を受けるのである。

以上、旅人が詠み残した歌の数々を追ひながら、旅人の俤《おもかけ》を追及してきたが、あらためて痛感させられることは、憂ひにしても、嘆きにしても、なべてはその心の純粋性に発するといふことである。

冒頭に記したやうに臨終に際して残した「萩の花は咲きてありや」の一語は、旅人の人柄の純粋さ、心の美しさを示し感動を呼ばずには置かないが、かへりみて知的抒情歌人としての高い評価を得てゐる所以は、蓋《けだ》しその純粋性に依ると言ふべきか。

山上憶良と篤実な生涯

一

万葉時代以降、平安時代より凡そ一千年間、歌の世界から忘却される立場にあつたのが山上憶良であつた。

憶良が詠ひあげた歌は、人生的な、社会的な、極めて現実性にみちた、つまり時代性を濃厚に反映したものであることは広く知られてゐるが、そのやうに特殊な限定的な領域の歌であつただけに、それらの作品は時代を超えて人々の関心を呼ぶものではあり得なかつた。憶良が驚くほど長い年月を歌の世界から遠ざけられて来た最大の理由は、そこにあつた。

憶良には恋愛とか自然美をうたつた歌は皆無に近い。この事は万葉時代に生きた人としては不思議なことであるが、ともあれ「艶やかなもの」と「あはれなもの」を追求してやまなかつた勅撰集時代は、貴族的な文学が主流であつた時代だけに、憶良のあまりにも現実的で、しかも条理を述べることに傾斜した歌が度外視されたのは自然なことであつたといはねばならないだらう。

　憶良が更めて見直され、正当に評価されるやうになつたのは、古典研究への関心が高まつた江戸時代も中期を待つてのことであつた。

　古学復興を機に、『万葉集』の研究が僧契沖をはじめ荷田春満、賀茂眞淵、本居宣長、さらには平田篤胤といふ国学者たちの手によつて進められた結果、見逃しがたい歌人として脚光をあびるに至つたのである。

　それより憶良は『万葉集』を代表する五人の歌人の一人として名誉ある地位を回復して今日に及んでゐる。

　ところで、戦後はむしろ万葉歌人の中で憶良ひとりが、名誉ある人としてその名を高からしめてきた。『万葉集』といへば、「貧窮問答歌」といふ答が返つて来るやうに、憶良のこの歌が戦後の歴史と伝統を否定する風潮の中で、伝統的古典である『万葉集』の価値を維持する役割を演じたことは、歴史の皮肉ともいつたらよいであらうか。

　このやうに時代によつて浮き沈みの激しさにさらされることは、憶良に取つて果して当を得たことであらうか。

憶良の真面目について考へてみたい衝動にかられる点である。

二

先づ来歴の概要を述べれば、憶良は七十四歳といふ長い生涯を生きた。天平五年（七三三）に死亡したとすれば生れは斎明天皇六年（六六〇）といふことになるが、その間、斎明・天智・弘文・天武・持統・文武・元明・元正・聖武の九代の天皇に仕へた。

大宝元年（七〇一）四十二歳の時、「遣唐少録」として遣唐使の一行に加へられたことが『続日本紀』に記されてゐる。憶良が歴史の舞台に登場したのはこれが最初であつて、それ以前のことはすべて不明である。

唐執節使、即ち大使には粟田朝臣真人が任命されたが、大宝二年（七〇二）六月に出発、慶雲元年（七〇四）七月に第一陣として帰国、憶良もそれに従つたものと思はれる。

「少録」といへば、いまの書記官といふことにならう。その「少録」に任ぜられたといふことは、それに堪へるだけの大陸文化に対する知識を持ち合せてゐたことのあかしである。粟田氏は元来、外交交渉に任ずることをもつて皇室に仕へてきた氏族であつて、山上氏はそれと同祖の関係にあり、その支族であつたと考へられることから、その流れをくむ憶良は若い時からその面の学問教養を積むところがあつたものと考へられるのである。

思ふに、この渡唐の体験は、憶良の生涯の生き方を決定的なものにしたに違ひない。人生的な、社会的な問題に強く関心を寄せ、しかも現実肯定的な立場に終始して生きたのは、仁愛を人生の、政治の在り方の根本とする儒教思想に思ひを深くしたためであつた、といふ以外にはないであらう。

その後、霊亀元年（七一六）四月二十七日、伯耆守に任ぜられた。養老四年（七二〇）に任期を終へて再び京都へ帰り、明けて五年（七二一）正月二十三日、東宮侍講として皇太子（後の聖武天皇）に奉仕する役に選任された。憶良の学問教養が高く評価されてのことであつたらう。

神亀三年（七二六）頃に筑前守に任ぜられた。時に六十七歳であつたが、筑前は大陸との接点に位置し、その面での知識・能力を必要とすることからの任命であつたと考へられるのである。

ところでその筑前守時代に、太宰府の帥《そち》（長官）として西下した大伴旅人と出会ひ、相互に刺激し合つて、「筑紫歌壇」と後の人が呼ぶほど隆盛をきはめた歌の世界をつくりあげたことは、ともに老齢での西下であつた両人にとり心救はれる事ではなかつたらうか。因みに、憶良の歌の大方は太宰府を中心とする筑前の地で詠まれたのである。

憶良が残した歌は長歌十首、短歌六十一首、旋頭歌一首、合せて七十二首に及んでゐる。天平三年（七三一）に帰京、同五年（七三三）に七十四歳で生涯を閉じたのである。

三

憶良の心を最も強く、最も深く動かしたものが、人生的、社会的な問題であつたと前言したが、それではそれらの事柄は実際の歌の上でどのやうに具現されてゐるのであらうか。

憶良の歌は巻五に集中的に掲載されてゐる。先づはその中の「惑情《わくじやう》を反《かへ》さしむる歌」と「子等を思ふ歌」を取りあげて憶良の歌の実相を探つてみたい。

実はこれらの歌は「神亀五年七月二十一日、嘉摩の郡にして撰定す」として掲載されてゐる一連の歌である。

嘉摩の郡は福岡県山田市と嘉穂郡の北部を含む地域であり、憶良が国司として管内を巡視した際に詠んだものに他ならない。

一連の歌の第一首「惑情を反さしむる歌」には、前書きとして次のやうな「序」（原漢文）がある。

「或る人あり。父母を敬《ゐやま》ふことを知りて侍養《じやう》を忘れ、妻子を顧《かへり》みずして脱屣《だつし》よりも軽みす。自《みづか》ら倍俗《ばいぞく》先生と称《なの》る。意気は青雲の上に揚るといへども、身体はなほ塵俗《じんぞく》の中に在り。いまだ修行得道の聖に験《しるし》あらず。けだし山沢に亡命する民ならむか。このゆゑに、三綱を指し示し、更に五教を開き、遣《おく》るに歌をもちて、その惑《まど》ひを反さしむ。歌に曰はく。」

「―かういふ風な人がある。父母を敬ふ事は知つてゐるが、孝養を尽す事は忘れてゐる、妻子を顧みる事をしないで、脱ぎすてた履物よりも軽じてゐる。自分で俗に背く学人と名のつてゐる。意気高く、青雲の上を自在に飛び廻る観であるけれども、身体はやはりこの俗世間の塵の中にゐるのである。まだ修行をして仏道の悟りを開いた仏聖のあかしがあるわけではない。或いはこれは山野に放浪する民であらう。（―戸籍を捨てて逃亡する者。養老頃から、逃亡民を戒める詔勅がしきりに出てゐる）。それ故に三綱（―君臣・父子・夫婦の道）を示し、更に五常の教（―父に義・母に慈・兄に友・弟に順・子に孝であれとの教へ）を明らかにし、歌を贈つて其の惑ふ心を反《かへ》さしめようとするのである。その歌にいふ。」―

意味はかういふ事にならう。いふまでもなくこの序はこの歌が何をきつかけに、何を意図して作られたかを示したものである。さてその歌は次の通りである。

父母を　見れば尊し　妻子《めこ》見れば　めぐし愛《うつく》し　世の中は　かくぞ道理《ことわり》　黐鳥《もちどり》のかから
はしもよ　行方知らねば　穿沓《うけくつ》を脱き棄《つ》る如く　踏み脱きて　行くちふ人は　石木《いはき》より
成り出し人か　汝が名告《の》らさね　天《あめ》へ行かば　汝がまにまに　地《つち》ならば　大君います　こ
の照らす　日月の下は　天雲の　向伏《むかぶ》す極《きは》み　谷蟆《たにくく》の　さ渡る極み　聞《きこ》し食《を》す　国のまほ
らぞ　かにかくに　欲しきまにまに　然《しか》にはあらじか　（巻五・八〇〇）

反　歌

ひさかたの天路《あまぢ》は遠しなほなほに家に帰りて業《なり》を為《し》まさに　（巻五・八〇一）

ところでこの長歌は三段でもつて構成されてゐる。

第一段は「『父母を見れば尊し、妻子《めこ》見ればめぐし愛《うつく》し』――父母を見ると尊く思はれる。妻や子を見るとかわいくいとしく感じられる。『世の中はかくぞ道理《ことわり》』――世の中はこれこそ道理、当然のことではないか。『黐《もち》鳥のかからはしもよ行方知らねば』――さう思ふと、とりもちにかかつた鳥のやうに、いくらもがいても逃《のが》れがたいのだから、しつかりからみ合つて生きて行かう、後の世のことは知れぬのだから。」までである。

第二段は「『穿沓《うけくつ》を脱き棄《つ》る如く、踏み脱ぎて行くちふ人は』——破れた靴をぬぎすてるやうに、世の中からぬけ出して行くいふ人は、『石木より成り出し人か、汝が名告らさね』——石や木から生れ出た非情な人か、あなたはどこのどなただ、名をおつしやい。」までになる。

続いて最後までが第三段。この段では「『天へ行かば、汝がまにまに』——天国ならあなたの思ひ通りでよいだらうが、『地ならば、大君います、この照らす、日月の下は』——このま地上にゐるのなら、大君がいらつしやるこの輝く日月の下は、『天雲の、向伏す極み、谷蟆の、さ渡る極み』——天雲の遠くたなびく果まで、ひきがへるが渡つて行く際まで、『聞し食《を》す国のまほらぞ』——すべて大君のお治めになる、すぐれた国土であるのだ、『かにかくに、欲しきまにまに、然にはあらじか』——あれこれと、したい放題にするなんて、心得違ひで、とんでもないことではないか、さうではないだらうか」と詠ひあげてゐるのである。

反歌では、「天上への道は遠い。従つて非望の思ひなど抱かず、おとなしく、実直に、家へ帰つて生業にお励みなさい」と、天上への道は遠く、さうやすやすと行かれるものではないことを喩《さと》してゐるのである。

いふまでもないが、序では儒教思想の根幹をなす三綱・五常の道を示し、長歌ではそれをふまへて、父母妻子をかへりみず、脱俗者を気取る人間に対して、秋霜烈日、きびしく説得してやまない憶良の姿が見られる。反歌には優しい叔父の如く豊かな経験をもつて青年の客気をいましめる、人間的な暖かさにみちた姿がある。

もとよりこの歌が社会的な問題に関心をよせた歌であることは敢て指摘するまでもないが、その関心が儒教的倫理感によるといふより、「大君います」わが国の国柄に対する憶良の深い自覚から発してゐる点は注目されなければならないであらう。

次に「子等を思ふ歌」について。この歌は単独に独立した歌として作られたものではなく、あくまでこの「惑情を反さしむる歌」との関連で作られたものである点をおさへて置かなければならないのである。

子等を思ふ歌一首并に序（原漢文）

釈迦如来、金口に正に説きたまふ。等しく衆生を思ふこと羅睺羅《らごら》の如しと。又説きたまふ、愛は子に過ぐる無しと。至極の大聖すら、尚《なほ》子を愛する心を有《も》ち給ふ。況むや世間の蒼生、誰か子を愛《いつく》しまざらんや。

瓜食《は》めば　子ども思ほゆ　栗食めば　まして偲《しの》はゆ　何処《いづく》より　来りしものか　まなかひに　もとなかゝりて　やすいしなさぬ　（巻五・八〇二）

反歌

銀《しろがね》も金《くがね》も玉も何せむにまされる宝《たから》子にしかめやも　（巻五・八〇三）

序を要約すれば、「世俗的な恩愛の情の世界から解脱してをられる筈の釈尊ですら、やはり子を愛する心、いふならば煩悩を一方でお持だと見える。まして愚者の我々にして、この世間に誰か子を愛しない者がゐるであらうか、ゐるわけがない。」と述べて、親にとり「子を愛する心」こそ何ものにもかへがたいことの道理を説いてゐるのである。

歌は平明で解釈の必要はないであらうが、この歌で特に注目すべきことは、「いづくより来りしものぞ」といふ一句である。この言葉には「いかなる宿縁でわが子と生れてきたものか、そのか丶はりは一時的な仮りの結びつきの姿であるにしても、ともかくも切つても切れない深いきづなを持つものである」といふ感慨が籠められてゐるのである。

この歌は愛の喜びを歌つたといふより、愛の苦しみ——寝ても覚めても子どもを思はざるを得ない、親の子に寄せる情の切なさ、愛にとらはれる心を眼目として詠はれてゐるのである。

反歌はその思ひを人々が貴んでやまない金銀財宝との比較において、「勝《まさ》れる宝」は子に及ぶものはないと繰返し述べてゐるのである。要するにこの長短歌は、前の歌との関連において考へるとき、親を捨てて家を出ることが如何に「親の子に寄せる切ない思ひ」にそむく非人間的な行為であるかを叙した、説喩した歌に他ならないのである。

さて、これらの歌を新奇思想に翻弄される若者に示して、翻意させる手だてとしたかどうか、それは必ずしもさうだとは考へられないが、ともかくもこれらの歌を通して考へさせられることは、憶良が仏教思想への理解を持ちつゝも、それとは一線を画して意志的に現実肯定的な立場に立つたことが伺はれることである。

憶良は、親子夫婦のかかはりが諸々の因縁によつて生じた一時的な仮りの和合の姿であることを認識するにしても、つまり仮りに有ることに執着して苦悩することの愚かさを理解できるにしても、聖者の立場からすればそれらは無知によることに違ひないにしても、その無知こそ世間の道としてあくまで肯定する立場に立とうとするのである。更にいへば、諸々の欲望にまつはりつかれる凡愚として世間を生きることに人生の真実があることを強調してやまないのである。

憶良が自律的な人間主義の思想である儒教思想に依拠して生きた所以はそこにある。

思へばこれらの歌は、人間に対する限りない関心と愛情を持つた人としての憶良の篤実な人間像を示して余すところがないと言つてよいだらう。

四

それでは話を次に進めて問題の「貧窮問答歌」について考へてみることにしたい。

貧窮問答歌については、最初にも一言触れたやうに、戦後の、特に歴史教育の中で取り上げられて、奈良時代に生きた一般庶民たちが、天平文化の華麗さとは裏腹に如何に苛酷な生活を強いられたかを実証する何よりの証拠として、広く喧伝された歌であることは、多くを語るには及ぶまい。つまりこの歌は、階級対立の観念、民衆は抑圧のみをうけてゐたといふ考へを一般化する材料として、盛んに利用された歌なのである。

いつたい憶良がこの歌を作つた真意は何処にあつたのであらうか、そのことを念頭に置きながら、貧窮問答歌について考へてみよう。

貧窮問答歌一首并短歌

風雑《まじ》り　雨零《ふ》る夜の　雨雑《まじ》り　雪零《ふ》る夜のすべもなく　寒くしあれば　堅塩《かたじほ》をとりつゞしろひ　粕湯酒《かすゆざけ》　うちすゝろひて　しはぶかひ　鼻びしびしに　しかとあらぬ　鬚《ひげ》かき撫《な》でて　吾《われ》をおきて　人はあらじと　誇《ほこ》ろへど　寒くしあれば　麻《あさ》ふすま　引きかぶり

布肩衣《ぬのかたぎぬ》　ありのことごと　着添《きそ》へども　寒き夜すらを　吾よりも　貧しき人の　父母は
飢《う》ゑ寒《こご》ゆらむ　妻子《めこ》どもは　乞《こ》ふ乞《こ》ふ泣くらむ　此の時は　いかにしつゝか　汝《な》が代《よ》は渡
る
天地《あめつち》は　廣しといへど　吾《あ》が為は　狭《さ》くやなりぬる　日月は　明《あか》しといへど　吾《あ》が為は
照りや給はぬ　人皆《みな》か　吾《われ》のみやしかる　わくらばは　人とはあるを　人並に　吾も作る
を　綿も無き　布肩衣《ぬのかたぎぬ》の　海松《みる》の如《ごと》　わゝけ下れる　かかふのみ　肩に打懸《うちか》け　伏廬《ふせいほ》の
曲廬《まげいほ》の中に　直土《ひたつち》に　藁解《わらと》き敷きて　父母は　枕の方《かた》に　妻子等《めこども》は　足の方に　圍《かこ》み居《ゐ》て
憂《うれ》ひ吟《さまよ》ひ　竈《かまど》には　火気《ほけ》吹き立てず　甑《こしき》には　蜘蛛《くも》の巣かきて　飯炊《いひかし》ぐ　事も忘れて
ぬえ鳥の　のどよひ居るに　いとのきて　短《みじか》き物を　端《はし》きると　云へるが如く　楚《しもと》取《と》
る　里長《さとをさ》の声は　寝屋処《ねやど》まで　来立ち呼《よ》ばひぬ　かくばかり　すべなきものか　世の中の
道　（巻五・八九二）

——風にまじつて雨のふる晩で、その雨にまじつて雪の降る晩は、せんすべもなく寒くあるので、固まつた黒い塩を取りかいてなめ、糟を湯にといて沸した酒をうちすゝつて、咳をし、鼻をならしつゝ、確ともない鬚をかきなでて、自分をさしおいて人はあるまいと誇つてはゐるものの、寒いので麻のねまきをひつかぶり布の肩衣をあるだけ着かさねるけれども、寒い夜を、自分より貧しい人の両親は飢ゑて寒いことであらう。妻子たちはしきりに乞ふて泣いてゐる事であらう。かういふ時にどうしてお前たちはこの世を生き渡つてゐることであらうか。

天地は広いけれど、自分の為には狭くなつたのであらうか。日月は明らかであるけれども、自分の為には照り給はぬのであらうか。人皆か、自分だけがさうなのであらうか。取りわけ人として生きているのに、人並に自分も耕作するのに、綿も無い布の肩衣を海松のやうにぼろぼろにさがつたぼろばかりを肩にうちかけて、ひしやげた小屋の、曲がつた小屋の中に、地べたに藁を解き敷いて、父母は枕の方に、妻子は足の方に囲んでゐて、憂ひなげき、竈にはものをたく火気も立たず、甑には蜘蛛の巣が出来、御飯を炊くことも忘れて、うめき声を立ててゐるのに、極端に短い物の端を切るといふ諺のやうに、笞杖を持つ村長の声は、ねてるところまで来て呼び立ててゐる。こんなにまでせんすべなきものか。この世の道は。——

世の中を憂《う》しとやさしと思へども飛立ちかねつ鳥にしあらねば　（巻五・八九三）

——この世の中を憂きところ恥かしいところと思ふけれど、飛び立つてあの世へ去る事も出来ないでゐることよ。

この歌は「汝が世を渡る」のところで前後に分かれ、前半は言ふならば普通の貧窮者の生活の姿を描き、後半は極度の貧窮者の状態を叙述し、前後をもつて問答する形式でもつて構成されてゐる。

前半の写実的な叙述は、いかにもその人を見るやうな感じで真に迫つてゐる。「しかとあらぬ鬚《ひげ》かき撫《な》で吾《われ》をおきて人はあらじと誇《ほこ》ろへど」の部分には、滑稽さを感じさせるものがあるが、この部分は憶良自身を戯画化したものといはれてゐるが、或いはさうであるかも知れない。後半の「天地は……、日月は……」の部分は抽象的ではあるが、その立場にある者としてはやはり実感にみちた表現といつてよいだらう。

克明に実質的な内容のある言葉をつらねて行く、一つ一つ煉瓦を積んでいくやうな表現は、条理をもつて物事の真実に迫る憶良の個性が遺憾なく発揮されたものといはなければなるまい。

後半の部分を要約すれば、「俺だつて同じ人間だ、それなのになんで、こんなひどい生活の中ではいまはり、あまつさへ苛酷な取り立てで苦しまなければならぬのか」といふ事にならうか。この怨嗟の声を直接聞くところがあつたかどうかは知るべくもないが、さうした現実は官人であり歌人であつた憶良の耳目に幾度となく確認されるところであつたらう。最後の投げ出したやうな「世の中の道」といふ体言で止めたこの言葉は、やるせない響きをもつて、何とも処置ない嘆きを伝へてゐるが、人生を、その実体をなす社会を深くみつめて生きた憶良その人の声を聞く思ひを禁じ得ない。

さて、この歌には「山上憶良頓首謹上」の文言が書き添へられてゐる。氏名の上に職名の「筑前国守」がないところから、退官後の作と考へられ、さうだとすれば天平三年から四年（七三二）頃のものであらうと推定されるのである。謹上した相手は大納言大伴旅人説、当時権力者の一人であつた参議藤原房前説などあつて明確ではない。大伴旅人であつたとすれば、歌を詠み合つた親しい仲として、創作歌として作られた、創意にみちた虚構の作品といふことにならうか。藤原房前であつたとしたら、老さき短かい憶良が、官僚即ち政治家としての意識を根底にして詠んだものと見るべきか。

いづれにもせよ、情の厚い篤実な憶良にとつて、訴へずには居られない気持の発露がこの歌をなさしめたに違ひないのである。

憶良はその職務に忠実な極めて高い道徳性を備へた中級の官僚であつた。

先に「感情を反さしむる歌」の中で見たやうに、「天《あめ》へ行かば　汝《な》がまにまに　地《つち》ならば大君います　この照らす　日月の下は　天雲の　向伏《むかぶ》すきはみ　谷蟆《たにぐく》の　さ渡るきはみ　聞こ

しをす　国のまほらぞ」と詠ひあげて、脱俗者を気取る若者の心得違ひを厳しく戒めてやまなかつたその事は、憶良が天皇を仰ぎ、そのみ心をみ心として人々の生活の安定と向上に奉仕する官僚としての職責に如何に忠実であつたかの証左であるといつてよいだらう。

なほ憶良には天平五年三月三日、遣唐大使に任命された多治比廣成に贈つた著名な歌、「好去好来歌一首反歌二首」がある。その中で「そらみつ　倭《やまと》の国は　皇神《すめがみ》の　いつくしき国言霊《ことだま》の　幸《さき》はふ国と　語りつぎ　云ひ継がひけり　今の世の　人もことごと　目の前に　見たり知りたり……」と詠ひ、必ずや神々の加護により無事大任を果して帰国されることを確信すると叙べてその前途を祝福してゐる。

儒教思想に依拠してそれをもつて現実生活を営む上での規範としたと考へられる憶良は、本質的にはこの歌にみるやうに、わが国固有の民族的信仰、神祇思想への思ひを深く持《じ》する人であつたのである。

脱俗者を戒めた言葉に思ひ、この歌に詠まれた事柄を考へるとき、憶良に「貧窮問答歌」があることは決して異とする事ではないといつてよいだらう。

何とかせねばと思ふが手の施しようがない、自分の力では何ともする術《すべ》がない、力の限界をいやといふ程に覚えされられる、しかし放置するには忍びない、換言すれば天皇へ奉仕する忠実な官僚として、その御心を実現する任を果し得ない自分の立場を不甲斐なく思つた憶良の心情には察するに余りあるものがある。

思へば、さうした切ない思ひで詠まれたに違ひないこの歌が、事もあらうに階級闘争の思想を扶植することに利用されることは、憶良にとり心外にして迷惑千万なことであるに違ひないのである。

以上取り上げた長歌三首並びに短歌三首は、いづれも社会的な問題に関心を寄せて詠んだ歌に他ならないが、次にわが子に寄せた親としての切ない思ひを叙した歌について触れて置きたい。

すべもなく苦しくあれば出て走り去《い》なな思へどこらに障《さや》りぬ　（巻五・八九九）

しつたまき数にもあらぬ身にはあれど千年《ちとせ》にもがと思ほゆるかも　（巻五・九〇三）

若ければ道行《ゆ》き知らじ賄《まひ》はせむ黄泉《したへ》の使《つかひ》負ひて通らせ　（巻五・九〇五）

初めの二首は「老身に病を重ね、経年辛苦《けいねんしんく》し、さらに児等《こら》を思ふ歌七首、長一首短六首」として詠まれたものである。

一首目は「何とも仕様のない程苦しいので、家から駆け出してどこかへ行つてしまひたいと思ふけれど、子どもに妨げられてそれも出来ない。」といふ意である。

実は長歌の後半部で、『年長く　病みし渡れば　月かさね　憂ひさまよひ　ことことは　死ななと思へど　さばへなす騒ぐ子等《ども》を　うつては　死《しに》は知らず　見つゝあれば　心は燃えぬ』——年長く病み渡つてゐるので、幾月も幾月も憂ひ嘆き、こんな有様だつたらいつそ死んでしまはうと思ふけれど、騒ぎ廻る子どもたちを後に捨てて死ぬ事は出来ず、かうして子どもたちを見てゐると心は燃える。——と詠ひあげてゐるが、「すべもなく苦しくあれば」のこの反歌は、その思ひをそのまま集約して歌つたものに他ならない。

次の歌は、「数ならぬ身ではあるが、千年もと思はれることであるよ。」といふ意である。この歌には「去る神亀二年に作りき。但、類を以ちての故に更に茲《ここ》に載《の》す。」の自注がある。神亀二年（七二五）に詠んだ歌を敢て天平五年（七三三）の作「子を思ふ歌」の反歌として加へた憶良の心には、何とも切ないものを覚えさせられるではないか。

第三首目、「若ければ」の歌は、「男子名《をのこ》は古日《ふるひ》に恋ふる歌三首、長一首短二首」の中の反歌で、わが子の死を悼んだ歌である。

「稚《をさな》いのであの世への道もわかりますまい。贈物は致しませう。黄泉の使よ、負うて通つて下さい。」といふ意である。

この歌については「親子の縁《えにし》あつて以来の子に別れた親の涙が悉く集められてゐるかと思はずにはゐられない歌である。」との評があるが、言ひ得て妙、他につけ加へる言葉もない。

実はこのやうに親として子供への愛をよんだ歌は、憶良を外にしては「防人《さきもり》の歌」の中に幾首かあるだけで他にはほとんど見ることは出来ない。それは万葉時代の婚姻関係に伴ふ家族意識によるものと考へられるが、ともかくも憶良の歌を通してこのやうな子に寄せる愛情の切々たる歌を見ることは、一つの救ひとして感慨に堪へない。

五

憶良には、この外に人間として、自分の心情に素直に従つた人としての歌がある。次の歌などその一つといつてよいだらう。

天ざかる鄙《ひな》に五年《いつとせ》住ひつつ都の風習《てぶり》忘らえにけり　(巻五・八八〇)

斯くのみや息衝《いきづ》き居らむあらたまの来経《きへ》往《ゆ》く年の限《かぎり》知らずて　(巻五・八八一)

吾《あ》が主《ぬし》の御霊《みたま》賜ひて春さらば奈良の都に召上《めさ》げ給はね　(巻五・八八二)

これらの歌は、「敢て私懐を布《の》ぶる歌三首」として作られたもので、天平二年十二月六日、筑前国司山上憶良謹上」として大納言に任ぜられて帰京する大宰帥《だざいのそち》大伴旅人に「謹上」されたものである。

第三首目にこれらの歌を「謹上」した憶良の本意が表明されてゐるが、順を追つて歌意をのべれば、第一首では「遥かなゐなかに五年住みつゞけて、都の風習も忘れてしまつたことよ」と詠ひ、第二首では「このやうにして吐息をついてばかりゐる事であらうか。過ぎ去つてゆく年のいつを限りとも知らずに、」と叙《の》べ、第三首には「あなた様のお陰を蒙りまして、春になりましたら、奈良の都にお召し上げ下さいませ。」と詠みあげてゐるのである。

時に七十一歳の老齢の身であつたことを思へば、一抹のあはれを誘ふものを覚えさせられるが、何のてらひも何のためらひもなく率直に自分の心のあるがままを叙するところ、純粋にして汚れを知らない純情を見るのである。これほど素直に哀願にも似た言葉を口にすることが出来るとは、篤実の人憶良にしてよく為し得ることといはねばならないのではなからうか。人間としての憶良の実直な姿が偲ばれるのである。

さて、憶良は老いてゆく身を嘆き、病苦をかこち、生への執着を述べ、死の恐怖におののき、あるがままに人生をみつめ、ひたすらそれに徹して生きた人といつてよいが、憶良の辞世の歌と考へられてゐる次の歌は、老官憶良の生涯を表徴するものと言つてよいであらう。

士《をのこ》やも空《むな》しかるべき万代に語りつぐべき名は立てずして　（巻六・九七八）

——士たるものが空しく世を終るべきであらうか。万世に語りつぐ程の名は立てずに——。

この歌には天平五年、憶良が病に臥した時、藤原朝臣八東（藤原房前の第三子）が河辺朝臣東人をして病状を問はせた際に、憶良が口ずさんだものといふ添書きがある。

繰り返していへば、憶良は人間の世界にしつかりと足をおろし、ひとりの人間として喜びも悲しみも、ありのままに享受して生きた。現実において出来るかぎりのことをして生き抜くことに人間の道を観じて生きた。憶良はひと時も国家と人生からははなれることが出来ない、さうした生涯を生きた。

思へば、憶良が追ひ求めてやまなかつた「万代に語りつぐべき名」とは、国家国民の安寧秩序の源泉である道義・道徳の確立を期することにあつたと言つてよいのではあるまいか。

命果つる今際まで、生命燃してひたぶるに生きた憶良の篤実な生きざまは吾々を深い感動の中に誘ひ込むもの、と言はねばならないのである。

大伴家持の憂愁と面目

一

遠くは常陸の国、近くは遠江の国で徴兵された東国出身の防人たちが難波の津に集められたのは天平勝宝七年（七五五）二月のことであつた。

この年は防人交替の年で、実はその前年、四月五日の人事異動で兵部少輔（次官）に転じてゐた大伴家持（三十六歳）は、これら難波の津に集まつてくる防人たちを統括する仕事を担当してゐた。

その折家持は次々と到着する防人たちの間で詠まれた出郷の折の、あるいは旅中での歌の蒐集につとめた。二月六日到着した遠江の国の防人たちの歌をはじめとして二月二十九日到着の武蔵の国の分まで、さうして蒐集された歌は総数一六六首に及んだ。『万葉集』の編纂に際してその中から拙劣の歌を除外して八十四首の歌が『万葉集』に採録された。

防人の歌が『万葉集』に採録されたことは、和歌史上、さらには文化史上に燦然と輝く業績として賞讃して余りあるが、若し家持がこの時兵部少輔の地位になく、なほ『万葉集』の集大成の事業にかゝはることがなかつたとしたら、恐らくこれらの貴重な歌は歴史の淵に沈んでゐたに違ひないのである。

考へて見れば、歴史の偶然の生み出すものの大きさ、また一個人の志向が歴史の形成に及ぼす影響のたゞならぬことを痛感させられるが、家持の果たしたこれらの偉業に対してはたゞ賞讃と感謝の他はない。

さて家持は天平三年十四歳の時、父大納言大伴旅人をなくした。その後は大伴氏の氏上として、華やかさを思はせる生活の一方で、日を追つて衰退してゆく名門大伴氏の前途に言ふ術のない孤愁を抱きながらその生涯を送つたのであつた。

家持は『万葉集』の中に四百七十九首といふ他に比べて桁《けた》はずれの多数の歌をとどめてゐて、特に巻十七から巻二十の四巻は家持の「歌日記」とも呼ぶべきもので、それらの中には家持の歌人としての面目を伝へ、はたまた大伴氏の氏上としての苦悩を偲ばせる歌が数多く存在するのである。

ここでは家持の面目を伝へる歌の中から幾つかを選んで、一つの「家持論」を展開してみたい。

二

ふりさけて若月《みかづき》見れば一目見し人の眉引《まよひき》念《おも》ほゆるかも　（巻六・九九四）

この歌は年代の明確な第一作であるが、時に天平五年、十六歳の折の歌で、初恋の印象を留めたものに他ならない。当時、月と恋とは、われわれでは理解しにくいほど密接につながつてゐて、それ故に、月に対する感懐は、殊に深く切なるものであつたと言はれてゐるが、淡い月を仰いで一目だけ見た美しい人の眉を思ふあえかな美しいものへの憧れの心は純粋にして多感な家持の青春像をイメージさせずには置かない歌であると同時に、若年にしてすでに豊かな歌才を備へてゐたことを示す歌として見過しがたいものである。

この繊細な感性によつてとらへられた美なるものへの憧れは、あえかなものから艶麗なものへ、又清冽なものへ、或いは玲瀧なものへと分化しつつ家持の生涯を貫いて行くのである。

さて、家持の青春はこの歌を初めとして展開されて行くのであるが、天平六年十七歳の年を迎へた家持は官人見習ひの無位の内舎人として宮中に出仕した。

家持は長身で細身のいかにも貴公子然とした人であつた。それ故であらうか、宮中に出仕した後、女性たちの家持に寄せる視線には熱いものがあつた。家持に歌を寄せた女性たちの数は、万葉集に残されてゐる歌だけからでも二十名を下らないのである。ほとんど社交的な関係にとどまるものではあるが、歌柄から見ると如何にも切ない思ひにみちた歌で占められてゐる。その中のいくつかを取り上げてみるに、

をみなへし佐紀沢に生ふる花かつみかつても知らぬ恋もするかも　（巻四・六七五）

—佐紀の沢に生えてゐる花かつみの名のやうに、かつて知らぬ—今までまるで思ひもかけなかったはじめて体験する苦しい恋をすることですよ—

この歌は中臣郎女《なかとみのいらつめ》が家持に送つた五首の中の一首である。あくまで一方的な片恋であつたことが他の歌から推察されるが、「かつても知らぬ恋」といひ出すための上の句の「をみなへし佐紀沢に生ふる花かつみ」の序詞など手慣れた歌ひぶりといつてよいだらう。

葦辺より満ち来る潮のいやましに思へか君が忘れかねつる　（巻四・六一七）

―葦のほとりを次第にみたして満ちて来る潮、そのやうにつのる慕情の故にあなたが忘れられないことよ―

山口女王《やまぐちのおほきみ》の家持に贈つた五首の中の一首。ひたひたと満ちくる潮のやうに思慕の情がつのり、忘れることができない、といふのである。

闇《やみ》夜ならば宜《うべ》も来まさじ梅の花咲ける月夜に出でまさじとや　（巻八・一四五二）

―闇夜であつたらいらつしやらないのも尤です。梅の花が咲いてゐる、こんな美しい月夜に、あなたはいらつしやらないとおつしやるのでせうか―

紀郎女《きのいらつめ》の歌で、十二首の中の一首。この女性は家持より年配の、しかも人妻であったと考へられるし、あくまで歌の上での遊びであつたらう。

霍公鳥《ほととぎす》鳴きし登時《すなはち》君が家に行けと追ひしは至りけむかも　（巻八・一五〇五）

―ほととぎすが鳴いた途端に、あなたの家に行けと追ひましたのは、そちらに参りましたでせうか――

大神郎女《おほみわのいらつめ》の歌二首の中の一首、自分を呼んでくれる相手もいないわびしさを歌つて家持の関心を呼んだ歌である。

松の花花数にしもわが背子が思へらなくにもとな咲きつつ　（巻十七・三九四二）

――私は松の花。花の数ともあなたは思つてをられないのに、徒に咲きつづけて居ることですよ――

平群氏郎女《へぐりうぢのいらつめ》の歌で、十二首の中の一首。相手にされない恨みを控へめに訴へた歌であるが、なかなか巧みであり、秀歌と評すべきものであらう。この女性は家持との関係で言へば青春期も終りの頃の間柄であつたと考へられる。

以上、五名の女性たちに限つて家持へ贈つた歌、それぞれ一首を取り上げたが、いま一人忘れてならない女性に笠郎女《かさのいらつめ》がある。

笠郎女は、家持と最初にかゝはつた女性であつたと考へられる。二十九首の歌をとどめてゐる。いづれも思ひの深い秀れた歌であり、しかもすべて家持に送つた歌である。

君に恋ひ痛も術なみ平山《ならやま》の小松が下に立ち嘆くかも　（巻四・五九三）

—あなたに心ひかれて、まことにやるせなく、あなたの住居《すまひ》の見える奈良山の小松の下で立ち嘆くことですよ—

どうしようもない恋の嘆きを独白風にうたつた歌である。一幅の絵になりさうな、切ない心のうづきが伝はつて来さうな、ロマンチックな匂ひをただよはせた並々ならぬ手腕にみちた歌といはねばなるまい。

わが屋戸《やど》の夕影草《ゆうかげぐさ》の白露の消《け》ぬがにもとな思ほゆるかも　（巻四・五九四）

—私の家の庭前の薄明の中に見る草の上におく白露のやうに、消えるばかりに心もとなく思はれることですよ—

「わが屋戸の夕影草の白露の」は実景をとらへた譬喩の序詞であるが、郎女の頼りなささうな面影を形象してゐて、あはれ深さを覚えさせずには置かない。また白露の消えるさまを死を意味する「消《け》」にかけた比喩は巧みな歌振りといつてよいだらう。

実は後に正妻となつた坂上大嬢《おほいらつめ》はこの頃まだ幼なく、従つて成熟した女性だつた笠郎女との恋に家持は心をときめかしたと思はれるが、しかしその恋は短期間であつた。それだけに笠郎女の慕情は更にもえ、恵まれた歌才もあつてこれらの歌をはじめとしてすばぬけた歌の数々を生んだのではなかつたか。ともあれ情熱的な数多くの秀歌を残してゐるのである。

ところで家持は、数多くの女性たちから寄せられた歌に対して、或る場合は全く和《こた》へず、また和へた歌にしても、素つ気ない、情《つれ》なさに貫かれるものであつた。

二十九首もの恋々とした歌を送つた笠郎女に対しても僅かに二首を返しただけで、それも恋の終末を告げた歌なのである。

今更に妹に逢はめやと思へかもここだわが胸いぶせくあるらむ　（巻四・六一一）

―もうあなたに逢ふことがなからうと思ふので、ひどく胸中にいぶせさを感ずるのであらうかなあ―

なかなかに黙もあらましを何すとか相見そめけむ遂げざらまくに　（巻四・六一二）

―いつそ何事もないでじつとしてゐたらよかつたらうに、何だつて、逢ひそめたのだらう。この思ひを遂げることはないであらうに—

これが家持が笠郎女に送つた歌である。流石は家持、歌としては整つてゐるが、内容的には何と気のない、つれない歌であらうか。

ただ「妾」とのみ記して名をあかすことのない一女性とのかかはりを持つたことを示す、天平十一年六月、家持二十二歳の時によんだ歌、—「亡《みまか》りし妾《をみなめ》を悲傷《かなし》びて作れる歌」には、青春をかけた家持の思ひの切なさを覚えさせるものがある。

これは挽歌であつて詠まれた環境が違ふといへばそれに違ひないが、長い期間にわたつて思ひつづられたそれら一連の歌には家持の純情さと心の深さがある。次の歌はその一端である。

今よりは秋風寒く吹きなむをいかにか独り長き夜を寝む　（巻三・四六二）

—今からは秋風が寒く吹くだらうに、私はどのやうに独りで長い夜をねようか—

月移りて後に

うつせみの世は常なしと知るものを秋風寒み偲びつるかも　（巻三・四六五）

—現実の世はつねないものと知るものの、やはり秋風の寒さを感じると、亡き人を思つてしまふよ―

出でて行く道知らませばあらかじめ妹《いも》を留《とど》めむ塞《せき》も置かましを　（巻三・四六八）

―世を去つてゆく道を知つてゐたのなら、あらかじめ妹をとどめる障害を置けばよかつたものを

―

妹が見し屋前《やど》に花咲き時は経《へ》ぬわが泣く涙いまだ干《ひ》なくに　（巻三・四六九）

―生前妹のなれ親しんだ家には、花が咲き、時が流れていつた。私の嘆きの涙もまだ乾かぬことだのに―

悲緒いまだ息まず、また作れる歌五首

かくのみありけるものを妹もわれも千歳《ちとせ》のごとく憑《たの》みたりけり　（巻三・四七〇）

―かうでしかないものだつたのに。妹も私も千歳を生きるかのやうにあてにしてゐたことだつた。―

これらの歌を詠んだ年に家持は大伴坂上大嬢を正妻に迎へた。家持がこの歌の「妹」の名を表すことをしなかつたのは大嬢に対する心配《こころくば》りによるとする説がある。恐らくはさうであつたらう。同時に家持としては妾の死を契機として、過去の女性を追憶の彼方に葬り、新たに大

嬢との出発を思ひ描きながら「青春の挽歌」—青春の彷徨から訣別するための歌—として作つたもの、さういふべきものではなかつたか、といふ聊かうがつた見方もあるが、さうした感情がなかつたとは言へないだらう。けだし思ひの籠つた歌である。

さて、先に記したやうに、家持を取り巻く女性たちへの家持の返歌には、いづれも気のない、近づけば遠避ける、去れば追ふといつた常に一定の距離を置いて交はつた感があるのは何が故であつたらうか。

最初に取り上げた「ふりさけて若月見れば」の中の「一目見し人」が叔母に当る坂上郎女の長女の大嬢であつたことは確かであり、しかも家持を吾が子のやうにいつくしみ育ててきた坂上郎女としては早くより大嬢を家持の正妻にしたいと考へてゐたに違ひないし、家持としても成人の上は正妻として迎へる意志があつたといつてよい。

家持が女性たちと深入りすることを避けた理由は、常にさうした大嬢とのことが家持の頭の中にあつてその行動を自然と制約したことによるといつてよいのではあるまいか。いま一つには大伴氏の氏上としての自負心と使命感が家持の出処進退を厳にしたが故と考へられる。この点は家持の生涯を貫く一つの厳たる立場であつたのである。

それにしても多くの女性たちから思ひを寄せられた家持の青春時代は華やかさにつつまれた

得意の時期であつたに違ひない。

三

次に取り上げる歌は天平勝宝八年（七五六）六月十五日、三十九歳の時に詠んだ歌である。

この歌は直接にはその年の五月十日、大伴一族の長老格の一人ともいふべき大伴古慈斐が淡海三船とともに朝廷を誹謗したいといふ罪で拘禁された事件があり、それを一つの契機として、大伴氏の氏上としての家持が苦悩の末に年来考へてきた信念を吐露したものに他ならない。

「族《うから》を喩《さと》す歌一首并びに短歌」として巻二十（四四六五―四四六七）に揚げられてゐる歌である。

族を喩す歌一首并びに短歌

ひさかたの　天《あま》の戸開き　高千穂の　嶽に天降《あもり》し皇祖《すめろき》の　神の御代より　梔弓《はじゆみ》を　手握《たにぎ》り
持たし真鹿児矢《まかごや》を　手挟《たばさ》み添へて　大久米《おほくめ》の大夫健男《ますらたけを》を　先に立て　靭《ゆき》取り負《おほ》せ　山川を
磐根《いわね》さくみて踏みとほり　国覓《くにま》ぎしつつ　ちはやぶる　神を言向《ことむ》け　服従《まつろ》へぬ　人をも和《やは》

し　掃き清め　仕へ奉《まつ》りて　秋津島《あきづしま》　大和《やまと》の国の　橿原《かしはら》の畝傍《うねび》の宮に　宮柱太知《ふとし》り立てて
天の下　知らしめしける皇祖《すめろき》の　天《あま》の日嗣《ひつぎ》と　継ぎて来る　君の御代御代　隠《かく》さはぬ　赤
き心を　皇辺《すめらへ》に極《きは》め尽くして　仕へ来る　祖《おや》の職《つかさ》と　言立《ことだ》てて　授け給へる　子孫《うみのこ》の
いや継ぎ継ぎに　見る人の　語りつぎてて　聞く人の　鏡にせむを　あらたしき　清きそ
の名ぞ　おぼろかに　心思ひて　虚言《むなこと》も　祖《おや》の名断つな　大伴の　氏と名に負へる大夫《ますらを》の
伴《とも》　（巻二十・四四六五）

磯城島《しきしま》の大和《やまと》の国に明《あき》らけき名に負ふ伴の緒《を》心つとめよ　（巻二十・四四六六）

剣《つるぎ》大刀《たち》いよよ研《と》ぐべし古《いにしへ》ゆ清《さや》けく負ひて来にしその名そ　（巻二十・四四六七）

—天の磐戸を開いて高千穂の嶽に天降られた皇祖の御代から、梔弓を手に握り持たれ、真鹿児矢を手挟み添へて、大久米部の勇ましい軍兵を先に立て、靫を背負はせ、山や川の磐根を踏破って通行し、国を求めつゝ、荒々しい神を服従させ、従はぬ人をも和らげ、掃き清めお仕へ申して、大和の国の橿原の畝傍の宮に宮柱を　立派にお建てになり、天の下を御統治になつた皇位の継承者として相継いで生まれられた天皇の御代御代に、隠すところのない赤い心を天皇の御側に極め尽してお仕へ申して来た先祖伝来の職務として、言葉に立ててお授け下すつた子孫の、いよいよつぎつぎに、見る人が語りつぎ、聞く人の鏡にしようと、惜しむべき清きその名であるぞ。おろそかに心に思ひ、かりそめにも祖先の名を断つてはいけない。大伴の氏と名に負つてゐる大夫の輩よ。—
—大和の国に、はつきりした輝かしい名を持つてゐる大伴氏の人達よ、心を励まして努めてほしい—
—剣大刀をいよいよ研ぐべきである。昔から清くさやかにうけついで来た大伴の名であるよ。—

家持は四十六首の長歌を詠んでゐる。これはその最後を飾る長歌である。

極めて明晰に整然と歌はれてゐて、歌人家持の面目を遺憾なく発揮した歌といつてよいが、歌の内容を概括すれば、天孫降臨から神武東征における祖先のはたらきを叙べ、それ以来、代々武勲によつて重職をゆだねられ、一筋に忠誠をつくしてきた誉れ高い家柄であることを強調し、決して軽挙妄動して祖先の名を断つことがあつてはならないと、強く訴へてゐるのである。

反歌二首はその要約である。二首目は、誇り高い武門の家柄を象徴する「剣大刀」をうちだし、「いよいよ研ぐべし」と命令的に強く言ひ切つてをり、危機を乗り切り将来にそなへるべきことを力強くうたひあげたのである。

藤原仲麻呂を中心とする藤原氏が専横を極めてやまない当時の厳しい状勢の中で、先に記した大伴古慈斐の事件にしても藤原仲麻呂の隠謀によるものと考へられてゐるが、さうした中で、尽忠の至誠をうたひ、一途にその精神を示しながら、大伴氏のあるべき姿を明らかにしたのがこの歌であるが、本意は深い慟哭の中に歴史の精神の確立教化を考へたのがこの歌であつて、更にいへば陰謀政治によつてゆがめられた歴史への挑戦であり、家持の悲壮な意志の表示であつたといはなければならないのである。

大伴氏の血統と家の歴史とは、神に仕へ、天皇に仕へまつる尽忠至誠の誇りあるものであつた。その歴史が犯されやうとするのを見るに忍びなかつた家持の心は悲愴であつたのだ。

なほかうした忠誠心はひとり此の歌に見られるばかりでなく、天平感宝元年（七四九）五月、三十二歳の作、「陸奥《みちのく》の国に金《くがね》を出だす詔書を祝《ほ》ぐ歌」（巻十八・四〇九四）の中でも既に見られたことであつた。

人口に膾炙されてゐる、

「海行かば　水漬《みづ》く屍《かばね》　山行かば　草生《む》す屍　大君《おほきみ》の　辺《へ》にこそ死なめ　かへり見はせじ」

のこの歌句は、この長歌の中に見られるものである。長歌はそれに続けて、「ますらをの　清きその名を　いにしへよ　今のをつづに　流さへる　祖《おや》の子どもぞ」と叙べ、「梓弓《あずさゆみ》　手に取

りて持ちて　剣大刀《つるぎたち》　腰《こし》に取り佩《は》き、朝守《あさまも》り　夕《ゆふ》の守《まも》りに　大君《おほきみ》の御門守《みかどのまも》り　我をおきて人はあらじと　いや立て思《おも》ひし増《ま》さる」と感激的に大伴氏の名誉ある立場を表明してゐるのである。

しかしてこの誇り高き立場こそ家持の価値判断の基準、出処進退の依拠だつたのである。ただし時代はさうした家持の悲願とは別の方向に日を追つて動いていつたのであつて、右せず左せずしてあくまで純正にその立場を遵守する限り孤立化は避けられず、憂愁は限りなく深く重く家持の身を覆つたのである。

後で取りあげる家持の生涯の絶唱と称揚される「春愁」を詠ひあげた歌は、家持のさうした苦渋の生活の中からおのづからに生み出されたものといつてよいであらう。

四

大伴家持はあくまで大宮人、官人であつた。しかし同時に一時代を画する傑出した歌人でもあつた。

特に二十九歳、天平十八年六月越中国守に任ぜられた後の歌は歌人家持の面目を高からしめるものである。年代を前に戻し、その点について述べてみたい。

春の苑《その》紅《くれなひ》にほふ桃の花下照る道に出で立つ娘子《をとめ》（巻十九・四一三九）
我が園《その》の李《すもも》の花か庭に散るはだれのいまだ残りてあるかも（巻十九・四一四〇）

もののふの八十《やそ》娘子《をとめ》らが汲《く》み乱《まが》ふ寺井《てらゐ》の上の堅香子《かたかご》の花（巻十九・四一四三）

朝床《あさどこ》に聞けば遥《はる》けし射水川《いみずがは》朝漕《こ》ぎしつゝ唱《うた》ふ舟人《ふなびと》（巻十九・四一五〇）

最初の二首は「天平勝宝二年の三月一日の暮《ゆうべ》に、春苑の桃季の花を眺矚《なが》めて作る歌二首」として巻十九の巻頭を飾つてゐる歌である。

「もののふの」の歌は、翌二日、「堅香子の花を攀ぢ折る歌一首」として詠まれたものである。

「朝床に聞けば」の歌は「遥《はる》かに、江《かは》を泝《さかのぼ》る舟人の唱ふを聞く歌一首」として同じく二日の作である。

巻十九の巻頭には、三月一日、二日、三日と詠はれた歌が十五首順次並べて掲載されてゐて、いづれも秀作として高い評価を得てゐる。ここではその中から四首を取りあげたが、これらの歌は越中国守となつて四度目の春を迎へた家持三十三歳の時の歌である。

越中国守時代の五年間は都の喧騒から遠く離れて、北陸道の静かな環境の中で自然に親しみ、かつは自己を観照した時期であつた。そのためか、この間に、四百七十九首の中のほゞ半数に及ぶ多くの歌をよんだのであつた。

特にここに揚げたこれらの歌は越中国守時代に開拓された、家持が辿りついた歌境を具現するものと言つてよい。

「春の苑」の歌は濃厚な中国風の景観が、家持によつて和歌史上にはじめて生み出されたものとして注目を集めてゐる歌である。抒情的感覚的に唯美の世界を描写した作品で、幻想的な世界へと誘導してやまない、例の「樹下美人の図」を思はせるような清純にして艶麗さにみちた歌である。

実はこの歌には二句切れと見る立場と三句切れとする見解がある。

二句切れとする場合は、「春の苑は紅色に照り映えてゐる。桃の花の色によって照り映える桃の下の道に出で立つ乙女よ」となり、花と乙女の艶麗な照応を「春の苑紅にほふ」と大きく写しとつた景となるのである。

三句切れとする場合は、「春の苑は紅色に照り映える桃の花、その花によつて照り輝く桃の下の道に出で立つ乙女よ」となる。つまり主題が桃の花だから第三句の桃の花までつづけないと下二句の乙女と同等に対応しなくなるといふのである。

いづれとも決しかねるものがあるが、家持の繊細な感性から見てやはり三句切れの立場をとる方が穏当ではなからうか。

次の「我が園の」の歌の場合も両論がある。

二句切れの場合は「わが園の李の花であらうか（あれは）、それとも庭にはらはらと降つた薄雪がまだ残つてゐるのであらうか」となり、三句切れの場合は「わが園の李の花が庭に散つてゐるのであらうか、それとも薄雪がまだ残つてゐるのであらうか」となるのである。同じ意味で三句切れと見る方が適切であらう。

ところで「春の苑」と「わが園」のこの二首は一組のものとしてとらへることが大切であつて、つまりこの二首でもつて紅白の対比と時間の経過がもりこまれてをり、前者は残照の中の景であり、後者は薄暮の中の景で、夕闇がしのびよる微妙な時の推移がこの二つの歌の組合せで叙されてゐることを見逃してはならないのである。

薄暮の中の「白」のもつ淡い彩りも同様に家持がはじめて見出した、創出した美の世界なのである。なほ前者の「桃」の歌を濃艶な油絵といふならば、「李」の歌は日本画の雅趣に通ずるものといふべきか。

次の「もののふの」の歌は、「沢山の少女たちが入り乱れて水をくむ寺の井戸のほとりに咲くかたかごの花よ」といふ意である。

清い水と、それをくむ娘子たちとその傍に咲く堅香子の花を視覚的にとらへた、これまた絵画的な美的世界を創出した如何にも感じの深い歌である。

この歌の中の娘子たちは現実には貧しい村里のひなびた少女たちであつたに違ひない。しかし「堅香子の花」を通して見るとき、美しい華やいだ少女たちとして目に映り、それらの美しい少女たちを通して、その延長線上に都における官女たちのあでやかな姿を脳裏に描き、都への思ひを切にしたことであつたらう。都に帰る日の近かつた家持にとりそれはその情景を連想させるに格好の題材であつた。

「もののふの八十娘子」といふ重々しい歌句は確かに単なる矚目の景をよんだものとして看過できない趣きを湛へてゐる。

次の「朝床に聞けば」の歌は、朝床に身を横たへたまま、はるかに、ゆつたりと聞こえてくる舟歌の声に、親しみをもつて聞きいつてゐる自分の姿を叙したものである。春たけなはの、なにかけだるく離れがたい朝床で聞く舟歌のはるけさは、春の気分ととけあつて、そこはかとない哀愁を家持の心に深く感じさせたことであらう。

さて山部赤人の叙景歌に通ずるものを「清澄」といふならば、家持のこれらの歌を貫くものは「艶麗」といふ語をもつて評すべきか。

人間的なぬくもりを覚えさせる抒情性ゆたかな、美的な浪漫性にみちたこれらの歌は、家持が越中国守の時代に到達した歌境、創作歌としての新局面を拓いたものとして貴重な歌である。

五

ところで二十九歳といふ若さをもつて越中国守に任ぜられたことは家持に取つて名誉なことであつたに違ひない。抜擢であつたと思はれるのである。従つてこの段階の歌には、これといつて原因のつきとめにくい、それでゐてはらひがたい、近代的ともいへる「哀愁」を覚えさせる歌はあつても、前段で取り上げたやうな政治的人生的なものとかかはる、いはゆる「憂愁」を感じさせるものはない。家持としては青春時代につづいて、なほ前途に希望のもてる時期であつた、と言つてよいであらうか。

天平勝宝三年（七五一）八月、越中国守から少納言に任ぜられて帰京した家持は、それより三年後の天平勝宝五年（七五三）二月、三十六歳の時、家持の生涯の絶唱と称揚される、家持の歌人としての名を不朽ならしめた短歌三首を詠んだ。次の歌がそれである。

二十三日に、興に依りて作る歌二首

春の野に霞《かすみ》たなびきうら悲しこの夕かげに鶯《うぐひす》鳴くも　（巻十九・四二九〇）

わがやどのいささ群竹《むらたけ》吹く風の音のかそけきこの夕《ゆふべ》かも　（巻十九・四二九一）

二十五日に作る歌

うらうらに照れる春日に雲雀《ひばり》あがり心悲しも独《ひと》りし思へば　（巻十九・四二九二）

春日遅々《ちち》に、鶬鶊《さうかう》正に啼く。悽惆《せいちう》の意、歌にあらずは撥《はら》ひ難きのみ。よりてこの歌を作り、式《も》ちて締緒《ていしよ》を展《の》ぶ（以下略原漢文）

第一首には、「霞」を見て悲しいと観じる家持独特の感覚が見られる。もともと霞は春の訪づれを告げる喜ばしいものである筈なのに、それを「かなし」といふのは類型をはるかに越えたもの、また夕暮れに鳴く鶯をよんだ歌も他に類がなく、純粋に春景の持つかなしみ、うれひを詠じてゐるのである。

つづいて第二首も、「吹く風の音のかそけさ」それは消え入るやうであり、しかし確かな音である。この音には作者の心細いやうな泣きたいやうな感傷的な心持ちが写し出されてゐるのであつて、家持の心のかそけさ、孤独者の深い寂しさを象徴するものとして味はなければならないのである。

何とも言ふ術のない、なさけないやうな、たよりないやうな心持ちを覚える夕暮れの歌である。

一日を置いて二十五日に作られた第三首の歌、「うらうらに照れる春日」は明るく温かい情景、その中に「雲雀」がそれも明るい声を張り上げて空に舞ひ上がるのである。「うらうらに」といふ言葉の用例は上代唯一の例であるが、ともかくこの情景を見て「こころの悲しさ」を覚えるである。確かに心のあり様によつてはかへつて「明るければこそ暗い思ひ」をするのが人間心理の複雑さである。ともあれ「うらうらに照れる春日に雲雀があがる」情景は愁ひの発する原因として、それは極めて漠然たる思ひではあるが、しかしどうしようもない寂しさに迫られるものとしてとらへられてゐるのである。

問題は「独りし思へば」にある。この「独り」は指向する方向を失つた、回路のないひとりへの自覚、徹底的に孤独の深淵にある独りであるのだ。換言すれば「人間の存在自体が悲しく孤独なものである」といふ意識に根ざす「独り」にも通ずる「独り」への自覚なのである。

第三首の歌には前に記したやうに「後書」があり、その中に次のやうな言葉が記されてゐる。

「いたみ悲しみ、気を落としてうれふる心は歌をもつてする以外に表現しがたい。そこでこの歌を作つて鬱結《うつけつ》した、むすぼれた心を述べる」といふ意味の言葉である。

家持が、この歌に見るやうな、言ひやうのない孤愁の中に身を置いた所以が、「鬱結した、むすぼれた心」にあったことを暗示してゐる。とすればそれは何であつたか。

これらの歌は中国的教養を深く身につけてゐた事から、それを媒介として誘発されたものとする見解、あるいは家持の生来の繊細な感性が生み出したものと考へる向もある。しかしそれだけでの説明ではなほ不十分なことは論を俟たない。

越中国守の任を終つて帰京した後の都の情勢は、家持が希望をつなぎ、期待したものとは異なつた方向へ急傾斜しつつあつた。家持が信頼を寄せた左大臣橘諸兄は、家持の越中国守への任命は諸兄の力添へによるものと考へられるが、なほ左大臣の地位にあつても覇権を確立しつつあつた藤原仲麻呂の前には飾り物的な存在でしかなかつたのである。

この歌を作つた前年、天平勝宝四年四月九日、大仏開眼供養が盛大にとり行はれたが、それが終つて後、天皇は藤原仲麻呂邸に還御なさるといふやうなかつて例のない異例が行はれたのである。この事は、仲麻呂の覇権ぶりを伺はせるもの以外の何ものでもなかつたのだ。

さうした情勢に直面した家持が、何とも為す術を知らない悲嘆の中に追ひ込められたことは想像に余りがある。父祖伝来の道を考へるとき家持としては右することも左することも出来ない窮地に立たされたに違ひないのである。

春愁といふか、孤愁と呼ぶか、これらの歌に詠ひ籠められた言ひやうのない哀愁は、さうした厳しい政治状況を背景とするものとする以外に考へやうはないのである。

家持の歌心は、なにごとか背後の事情に触発され、それを契機として湧くことが常態であつたと考へられるが、これほどの人生そのものの寂しさ、悲しみを覚えさせる歌が深刻な事情なしに詠まれる筈はないのである。憂愁は極まつたのである。

六

さて時勢は大きく変貌して、天平宝字二年（七五八）六月十六日、四十一歳の家持は因幡国守に任ぜられた。

先に取り上げた「族《うから》を喩《さと》す歌」を作つてから二年後のことである。この歌を作った翌年の天平宝字元年（七五七）七月には、家持の「おぼろかに心思ひて空言《むなごと》も祖《おや》の名絶《た》つな」の切なる呼かけに反して、一族の古麻呂、家持が特に信頼を寄せた一人であつた池主らが橘諸兄の子である橘奈良麻呂が起した、いはゆる「橘奈良麻呂の変」に加担して処刑される事件が起つた。家持の因幡国守への任命はまぎれもなくこの事件の累が及んでの左遷であつたのだ。

いかに中立の立場を厳守してゐたとはいへ、なんといつても大伴嫡流の当主である家持は、藤原仲麻呂にとつて遠ざけて置くにしくはない存在であつたのである。

家持は、「秋風の末《すゑ》吹きなびく萩《はぎ》の花共にかざさず相《あひ》か別れむ」（巻二十・四五一五）の歌を残して、それこそ秋風に追はれるやうに、うしろ髪を引かれる思ひで山陰に旅立つていつた。そして年が明けて天平宝字三年（七五九）正月、『万葉集』最後を飾る賀歌をうたひあげたのである。

三年春正月一日に、因幡国の庁にして、饗を国郡の司等に賜ふ宴の歌一首

新《あらた》しき年の始めの初春の今日降る雪のいや重《し》け吉事《よごと》（巻二十・四五一六）

この歌を『万葉集』の最後に据ゑて、このめでたい歌といふよりこれからの大御代の栄えを祈る歌でもつて、『万葉集』の最後を飾つたのは恐らくは永遠にこの道の栄えゆくことを念じて、敢て『万葉集』全巻の結びとしたに違ひないのである。

政治的には大伴氏の家運を進展させることは出来なかつたが、家持のわが国の歴史の形成の上に果した文化的偉業はいくら賞讃しても賞讃しきれるものではない。

もとより『万葉集』といふわが民族の最高ともいふべき文化的遺産は家持一人の手になるものではなく、何代にもわたつて継承蓄積されたもので、その集大成に家持が大きくかかはつたといふことであつたらう。『万葉集』二十巻、その開巻第一に雄略天皇の御製として伝承されてきた歌謡時代の新穀豊穣を予祝する賀の歌を揚げ、巻末に大御代の万代に栄えゆくことを祈る歌をもつてした壮大な構想は、家持を中心とする編者たちの並々ならぬ思ひに発したものとしなければならないのである。

翻つて思ふに唐突ともいふべき百五十年前の歌謡時代の歌を巻頭にかゝげたその事は、まぎれもなく『万葉集』が古代からの伝承を継承するものであることを明らかにしたことであつたのだ。

家持の官人としての生涯は栄光から衰退へと哀れさをとどめたが、歌人家持としては今日なほ限りない人々の心を導き、心に糧を与へる人としての面目を保つてゐるのである。偉なりとせねばならぬ。

大伴坂上郎女と風雅の遊び

一

風雅の遊びに生きたと言へば聞えはよいであらうが、さう生きざるを得なかつたのが大伴坂上郎女の生涯であつた。

少女としてのあどけなさをいまだ消し去らない十三・四歳にして一品穂積皇子に嫁ぎ、皇子薨去の後は藤原不比等の第四子藤原麻呂と思ひを交はし、その恋の季節にしても短くして終り、やがて異母兄弟の大伴宿奈麻呂と結ばれて二人の子女をもうけた郎女は、三十歳を越えるか、恐らくはそれ以前に、早くも寡婦としての生活を余儀なくされたのであつた。

束の間の愛の体験のなかで青春が過ぎ、さうしたいふならば数奇な運命のなかで女身のさまざまな哀愁を味はつた郎女は、時に三十二・三歳であつたらう、神亀五年（七二八）になると、兄大伴旅人の求めで大宰府に赴き、旅人の子である家持・書持らの世話をかねる大伴氏の家刀自的な存在としての生活に入つた。

天平二年（七三〇）、大伴旅人が大納言に任ぜられて帰京するに及び郎女も帰京、それより数年の後、長女の坂上大嬢を大伴家持に、次女の二嬢を大伴駿河麿に嫁がせ、親としての大役を果たした郎女は、それより一人身の存在として風雅の道に身を寄せ、なかでも架空な恋の世界に心を遊ばせるなど、本質的には空疎な生活に身を置くこととなつたのである。

坂上郎女は、『万葉集』でいへば第三期の後半から第四期にかけての女流歌人であり、生誕は持統十年（六八六）から大宝元年（七〇一）の間と考へられ、天平宝字三年（七五九）前後に六十歳ほどで歿したと推定される。

『万葉集』に登場する多くの歌人と同様に、坂上郎女の場合も郎女を知る手掛りは『万葉集』を外にしては無く、以上記したことも、『万葉集』に記述されてゐる断片的な記事をもつて推定したものに他ならない。

坂上郎女は、『万葉集』の中で唯一人男性と比肩し得る女流歌人として名を負ふ額田王に次ぐ女流歌人と言つてよく、長歌六首、短歌七十七首、旋頭歌一首、計八十四首の歌をとどめ、それは大伴家持の四百七十九首は別として、柿本人麻呂の九十七首につぐ数なのである。ひとり数の上に於いてだけでなく、その詠じた素材、内容にしても多彩をきはめてをり、けだし額田王によく比肩し得る女流歌人と呼んで決して過言ではないであらう。
ここではそれらの歌の中から数首を取り上げて、郎女の歌人としての一面を探つてみたい。

二

京職《みさとのつかさ》藤原大夫《まへつきみ》が大伴郎女に贈る歌三首　卿・諱を麻呂といふ

娘子らが玉櫛笥《たまくしげ》なる玉櫛の神《かむ》さびけむも妹に逢はずあれば　（巻四・五二二）

—少女の櫛笥のやうに古ぼけてしまつた事であらうよ。妹にあはずにいることであれば。—

よく渡る人は年にもありとふをいつの間にそもわが恋ひにける　（巻四・五二三）

—よく月日を渡る人は、一年でもこらへて過ごすといふものを、いつの間にか自分はこんなに恋しくなつたことよ。—

むし襖《ぶすま》なごやが下に伏せれども妹とし寝ねば肌し寒しも　（巻四・五二四）

—暖かい夜具のやはらかな下に伏してゐるけれども妹とねないので肌の寒いことであるよ。—

大伴郎女が和《こた》ふる歌四首

佐保川の小石踏み渡りぬばたまの黒馬《くろま》来る夜は年にもあらぬか　（巻四・五二五）

—佐保川の小石を踏み渡って、君を乗せる黒馬の来る夜はせめて一年に一度はあつてほしいものですよ―
千鳥鳴く佐保の川瀬のさざれ波やむ時もなし我《あ》が恋ふらくは　（巻四・五二六）
―千鳥の鳴く佐保の川瀬に立つさざなみのやうに、止む時はありません。私があなたを恋しく思ふことは。―
来むと言ふも来ぬ時あるを来じと言ふを来むとは待たじ来じと言ふものを　（巻四・五二七）
―来ようと言っても来ない時があるものを、来ないといはれるのを、来られるだらうとは待ちますまい。来ないといはれるものを―
千鳥鳴く佐保の川門《かはと》の瀬を広み打橋渡す汝《な》が来《く》と思へば　（巻四・五二八）
―千鳥の鳴く佐保川の渡し場が広いので仮橋を渡します。あなたがいらつしやると思ひますから。―
右、郎女は佐保大納言卿《まへつきみ》が女《むすめ》なり。初め一品《いつぽん》穂積皇子に嫁《とつ》ぎ、寵《うつくしび》を破《かかふ》ること儔《たぐひ》なし。しかして皇子の薨《こう》ぜし後に、藤原麻呂大夫《まへつきみ》、郎女を娉《つまど》ふ。郎女、坂上の里に家居《いへゐ》す。よりて族氏《やからなづ》号けて坂上郎女といふ。

これらの歌は藤原麻呂二十七歳、坂上郎女二十歳頃のものである。詞書にある「京職大夫」に麻呂が任ぜられたのは養老五年（七二一）のことである。死亡したのは天平九年（七三七）四十三歳の時であるから、逆算すればこの歌を作つたのは言ふやうに二十七歳頃となるのである。一方、坂上郎女は、仮りに大宝元年（七〇一）の生れとすると、この時、二十歳前後であつたに違ひないのである。坂上郎女の歌八十四首のうちのその殆どは大宰府滞在以後のものと考へられるので、この歌は郎女にとつては最も早い時期のものと考へられる。実はこの四首、つまりこの連作は漢詩「絶句」の構成、起・承・転・結の法によつて構成されてゐるのであつて、すでに郎女の才媛ぶりを伺はせるに足るといつてよいだらう。

第一首目の歌はもとより麻呂の第二首に焦点を当てて和してゐるのであるが、「黒馬来る夜は年にもあらぬか」と詠むあたり手慣れたものといはねばなるまい。第二首目は第一首の意をそのまま承けて「ともかくも私はさざ波のやむ時もないやうにあなたを恋つづけてゐたのです」とうたひ、第三首目では一・二首とは全く趣きを異にする歌をかかげ、第四首目はそれらを総括する形で、ともあれ「佐保川の渡し場が広いので、仮りの橋を渡して、あなたさまのお出を心からお待ちいたします」と結んでゐるのである。

第三首目の歌は、上の句で「来ようと云つても来ない時があるものだ」、つまり「思ふ人との逢瀬はもともとさうしたものだ」と述べ、来るといつてもさうなんだから「来ないといはれるのを、来られるだらうとは待ちますまい」と、繰返し述べてゐるのである。この繰返しは「みづからに言ひきかせた心」ともとれるが、「それでも待たずにをれない心を相手に訴へたもの」とも考へることが出来る。恐らくこの歌の持つ余情からして後者のやうに理解するのが作者の真意に近いといふべきか。

第四首目の「汝」といふ言葉、女性から男性に向かつて用ゐるとしてはいささかなじまない表現である。敢てそれを用ひたのは「からかひ」、「たはむれ」の心からで、親しみを示す用法に他ならない。なほ、「汝《な》が来と思へば」は「長《なが》くと思へば」とも考へられ、「これから先、長くあつてほしいと思ひますから」の意がかけられてゐるといふ説があることは考慮に入れてよいだらう。

さて郎女のこれらの歌には男性を翻弄するやうな手ぎはと才気が見られる。郎女の歌に一貫して見られる一つの特徴として指摘しておきたい。

さらに、麻呂の第二首目の歌は「年渡るまでにも人はありといふをいつの間にぞも我が恋ひにける」(巻一三・三二六四)、郎女の歌の第一首目は「川の瀬の石踏み渡りぬばたまの黒馬来る夜は常にあらぬかも」(同・三三一三)をそれぞれ踏襲したものであることを付言して置かう。

三

大伴坂上郎女が怨恨歌一首并せて短歌

おしてる（枕詞）難波の菅《すげ》の（序詞）ねもころに（ねんごろに）君が聞こして（私のことをお聞きになつて）年深く（年久しく）長くし言へば（いつまでもと言はれるので）まそ鏡（枕詞）磨《と》きし心を（固くひをしめてゐた心を）ゆるしてし（ゆるしてしまつた）その日の極《きは》み（その日以来）波の共《むた》（波のまにまに）靡《なび》く玉藻《たまも》の（靡く藻のやうに）かにかくに（彼方此方に動揺する）心は持たず（心は持たないで）大船の（枕詞）頼める時に（あなたお一人をたのみとしてゐます時に）ちはやぶる（枕詞）神か離《さ》くらむ（神がお互いの仲をさいたのでせうか）うつせみの（枕詞）人か障《さ》ふらむ（人が邪魔をしたのでせうか）通《かよ》はしし（通つていらつしやつた）君も来まさず（君もお越しにならず）玉梓《たまづさ》の（枕詞）使も見えず（使もこず）なりぬれば（なりましたので）いたもすべなみ（ひどくする術もなく）ぬばたまの（枕詞）夜はすがらに（夜は夜通し）赤らひく（枕詞）日も暮るるまで（日は暮れるまで）嘆けども（嘆いても）験《しるし》をなみ（甲斐がなくて）思へども（思つても）たづきを知らに（手段もわからず）たわや女と（幼妻

と）言はくもしるく（人が言ふのももつともで）たわらはの（童女のやうに）音のみ泣きつつ（泣きになきながら）た廻《もとほ》り（あちこちさまよつて）君が使を（あなたの使を）待ちやかねてむ（待ちかねてゐる事でありませうか。）　（巻四・六一九）

反　歌

初めより長く言ひつつ頼めずはかかる思ひに逢はましものか　（巻四・六二〇）

—最初から長くといはれて、たのみにおさせにならなかつたならば、このやうな思ひをする事がありませうか。—

この歌を読む者は誰彼の別なく、恋を裏切られた郎女の、哀切極りない、しかも若々しい如何にも一途な感情に深い共銘を覚えることだらう。

「まそ鏡磨ぎし心をゆるしてしその日の極み、浪のむた靡く玉藻の、かにかくに心は持たず、大船のたのめる時に」の句々に滲んでゐる血を吐くやうな思ひ、「ちはやぶる神や離《さ》くらむ、うつせみの人か障《さ》ふらむ、通はしし君も来まさず、玉梓《ずさ》の使も見えず」の部分に見られる男をひた待ちに待ついちづな女性の苦悩にみちた姿、さらに結びの部分の「たわや女と言はくもしるく、たわらはの音のみ泣きつつたもとほり、君が使を待ちやかねてむ」と、ひたすらに恋に生きる女人の消すすべのない真情の切々とした訴へには、非情な人生の運命の冷酷さすら覚えさせられるものがあるではないか。

なほ長歌をうけての、反歌の「初めより長くいひつつ」の歌は、その心の核心をついて迫る力強さを持ち、けだし秀歌といふべきであらう。

この作品は柿本人麻呂の「石見の国より妻に別れて上り来りし時の歌」、「妻死するの後泣血哀慟して作る歌」等を範として作つたものと考へられるが、構成・発想・用語などをよく模してしかも模倣を脱し、独自性を発揮してゐるところに郎女の才覚の伺はれる歌であり、郎女の代表作であるばかりではなく、『万葉集』中数多い相聞長歌の中の秀歌として高い評価を得てゐる歌である。

ところでこの長歌は誰を相手として詠まれたものであらうか。

これには藤原麻呂、大伴宿奈麿、それに恋愛遍歴をなほ重ねたと考へられるとして、その間の「或る人」とする説等があつていまだ定説はない。ただ藤原麻呂説をとる人々が多く、やはりこれが最も自然な穏当なものと考へられるのではなからうか。

郎女が自らの自然な意志において、主体的に関係を結んだのは麻呂を他にはないと思はれる。特に幼妻として親ほども年の隔りのあつた穂積皇子に嫁した郎女として、さらに言へば一方的に、寵を被ること儔《たぐひ》なかつた、つまり、人形を愛するが如き一方的な愛に安んじてゐたであらう郎女が、皇子薨去の後、恐らく初めておのづからに燃えさかる恋心を覚えてそれを満たしたのが麻呂との関係であつたと考へるとき、郎女に取つてこの恋は測り知れない喜悦を覚えるものであつたに違ひないのである。

麻呂の歌に和した郎女の四首の歌には、それこそ何のためらひもなく、麻呂を待ち焦がれてゐた一途な思ひが詠はれてゐたが、麻呂に寄せる郎女の思ひがいかに切実であつたかは他言を要しないだらう。しかして、その関係が一方的に破棄されたときの郎女の悲嘆はまさしくこの長歌の述べるところの如くであつたらう。

なほこの長歌は、或る年月を経て、自分を客観的に静観できる時点で、忘れがたい絶ちがたい思ひとして作歌されたものとの説があるが妥当な見解ではなからうか。

思ふに、この歌に見られる歌調、そこに湛へられてゐる哀れさの表現など悲嘆の渦中での作かのやうに現実的で新鮮であるのは、この恋が純粋にして熱烈であつたあかしである、といはなければなるまい。

四

一人身となつた後の郎女の生活は、実質的には空疎なものであつたらうが、決してじめじめしたものではなかつた。名門大伴氏の家刀自的な存在として、しかも貴族の世界に身を置く郎女としては華やかな生活がなかつた訳ではない。ここではその面についての歌については措いて、次ぎに「大伴坂上郎女の歌何首」として記載されてゐる歌群の中から、郎女の面目を伝へる歌いくつかをとりあげて論評してみたい。

大伴坂上郎女が歌二首

ひさかたの天の露霜置きにけり家なる人も待ち恋ひぬらむ　(巻四・六五一)

—気がつくとはるか天空からの露じもすつかり地をおほつて夜がふけてしまつたことだ。私は帰したくないが家にゐる人もあなたの帰りを待ち焦がれてゐることでせう。(早く帰つておあげなさい。)—

玉主《たまもり》に玉は授けてかつがつも枕と我れはいざふたり寝む　(巻四・六五二)

—娘の主人に娘はさずけてともかくも私は枕とさあ二人でねることにしよう。—

一首目の歌については、山上憶良の「宴を罷る歌」、「憶良らは今は罷らむ子泣くらむその子の母も吾を待つらむぞ」の歌と同様に、「宴《うたげ》の席」を辞する際のものだと推定して、この歌は「引き止めるその家のあるじに答へたものである。家では娘が待ちこがれてゐます。といふのが、辞退して帰る口実となつてゐる。」と説く人もある。

ただ二首を関連したものとして考へる時、この二首はやはり「大伴家持に与えたもの」とするのが妥当ではあるまいか。「家なる人も」の「も」には「私も恋しくて帰したくはないが」といふ意を添加する働きがあると考へられるし、それにしても「家にゐる人」、つまり家では「私の娘の、あなたの妻の大嬢が待てゐようから、早く帰つておあげなさい。」と呼びかけた歌とする方が如何にも郎女らしい発想だと思はれる。

二首目の歌では「授けて」といふ威張つた言ひ方に「戯れの心」の表現が見られる。同様に「かつがつも枕とわれはいざふたり寝む」の箇所にしても、うらぶれた失意の気持からではなく、ユーモラスに呼びかけた、「戯れの心」があるといつてよい。軽く興ずる心である。

もとより束の間の愛の体験のなかで青春を過ごし、寡婦の身として早くも初老を迎へた郎女の立場を重ねて味はうとき、さうした「戯れの歌」を詠んだ思ひの奥には、消しがたい一抹の哀愁が漂ふのを感じさせるものがあるのは否定しがたい。

作為にみちた歌であるが思ひのこもつた歌といつてよいだらう。

大伴坂上郎女が歌六首

思へども験《しるし》もなしと知るものを何かここだく我が恋ひわたる　（巻四・六五八）

―いくら思つてもあなたに通じないことは百も承知ですよ。しかし、それにしてもどうしてこんなに私は恋しく思ひつづけるのでせう―

恋ひ恋ひて逢へる時だにうるはしき言尽してよ長くと思はば　（巻四・六六一）

―長いこと恋ひつづけてやつと逢へたこの時だけでもやさしい言葉のかぎりをかけて下さい。これから先も長くと思はれるのでしたら。―

六首の中から二首を取り上げたが、一首目の歌の上の句には艶然とすねてみせる心があるが、下の句には理性や客観状態を無視して動いてしまふ恋心の不思議さ、どうにもならぬ思ひが独白風に吐露されてゐる。

男の不実とその恋にのめり込んでしまつた女性の心理といふ、よくある場面を造型した歌といつてよいだらう。仲々巧みである。

二首目は「うるはしき言尽してよ長くと思へば」といふ部分が面白い。

もともと「うるはし」とは「乱れたところがなく、完全にととのつたさま」をいふ言葉であり、さらに言へば「外面的にきちんとしてゐる美しさ」をいふ。真実にみちた、つらかつたら、つらかつたと、逢へなかつた長さにぐちをこぼして愛を訴へるといつたものではなく、むしろ「うそでもよいから、私をよろこばせることを言葉として尽くしてほしい」、といふのである。思ふに「乱れたところがなく、外面的に完全にととのつた美しい言葉」といふものは、虚構の中にのみあり得るといふべきであらう。

真実を尽くして傷つけあふ愛は或る意味では本物であるかも知れないが、しかし、それはすぐこはれてしまふ、人生をほんたうには知らない、いふならば若者に見られる愛の表現である。

郎女は、愛の永続は虚と実の中にあるといふのである。愛を遍歴してきた郎女の体験からきた見解といふべきか。もとよりこれらの歌は特定の相手があつての作ではなく、架空の歌に他ならない。観念的に作為されたものであつて、恋心の持つ一面の真実を詠んで、自ら楽しんでゐる歌といつたらよいであらうか。

まそ鏡磨《と》ぎし心をゆるしてば後に言ふとも験《しるし》あらめやも　（巻四・六七三）

―堅くひしめてきた心をゆるしてしまつては、後で悔やんで何のかんの言つても甲斐があらうか、後の祭です―

真玉つくをちこち兼《か》ねて言《こと》はいへど逢ひて後こそ悔にはありといへ　（巻四・六七三）

―今のこと将来のことをかねて変りないとあなたはおつしやるけれど、一度逢つたが最後、後悔の種だといひますもの。（私もさうだと思ひます）―

二首目の「逢ひて後こそ悔にはありといへ」といふところには、優しい相手の心をたしかめるやうな、女性のたゆたふ心持を、それとなく言ひ表してゐて不安を禁じ得ない女性の微妙な心がみられるが、実はこれらの歌は、言ひ寄つた男を、巧みに拒んだ歌であつて、仲々に老巧で、しかも素朴でもあり、郎女の才媛ぶりを伺はせるものがある。これまた恋心の持つ真実をうがつたうたと言つてよいだらう。もとより架空の歌である。

大伴坂上郎女の歌七首

今は我は死なむよ我が背《せ》生けりとも我れに依るべしと言ふと言はなくに　（巻四・六八四）

――もう私は死にますわ。あなた。生きてゐても、私の方へあなたの心が向くといふわけでもありませんもの――

青山を横ぎる雲のいちしろく我れと笑《ゑ》まして人に知らゆな　（巻四・六八八）

――青い山を横切る白い雲のように、目立つばかりに、私に笑顔をなすつて、人に知られて下さるな。――

前の歌には死をもつて迫る激しい女心の一途さが少々オーバーには表はされてゐるが、後の歌には二人の関係が知られることを恥らふといふよりも、恋を二人のものにして置きたいといふ女心、独占欲といふか、うら若い女性にみる女心の姿を描写したものと見るべきで、巧みな心理描写の歌である。

郎女は柿本人麻呂をはじめ先人の歌を模して、巧みに自分の思ひを詠んでゐるが、前の歌は、『人麻呂歌集』の中の、「よしゑやし死なむよ吾妹生けりともかくのみこそ吾が恋ひ渡りなめ」（三二九八）、「今は吾は死なむよ吾が夫恋すれば一夜一日も安けくもなし」（二九三六）等の歌を学んでの作である。

大伴坂上郎女の歌一首

夏の野の茂《しげ》みに咲ける姫百合の知らえぬ恋は苦しきものぞ　（巻八・一五〇〇）

—夏の野にうつそうと茂る草の中にこつそり咲いてゐる美しい姫百合は誰にも知られることがない、そのやうに人知れず思ふ恋はつらいものですよ—。

この歌はいふまでもなく「知らえぬ恋」、忍ぶ恋のこころを詠つたものである。うつそうと茂る夏草と、その逞しさの中に、こつそりと美しく咲いてゐる、いかにもその名の通りつつましく可憐そのものに咲いてゐる姫百合との対照によつてつくり出された風趣は、えもいはれぬ美しい風景を思はせ、それは「忍ぶ恋」の姿を象徴的に表現してゐるのである。人知れず思ふ恋、相手に通じない恋、実現できない恋こそは古来変らぬ女人の嘆きであつたが、味はい深く、それでゐてあまり深刻ではなく、一種のゆとりをもつてうたはれてゐるところにこの歌のよさがある。

この歌も相手があつての歌でなく、戯れの架空の歌であるが、純粋抒情歌の新しい境地を開いた秀歌として注目される歌である。何と美しく細やかなみづみづしい思ひにみちた歌であらうか。

五

以上、取り上げたのは恋心の種々な相《すがた》をよんだ歌である。郎女の才覚と繊細な感情によつてとらへられたこれらの歌は戯れの思ひの中に遊んでよんだ歌に他ならない。風雅な遊びの歌といつてよいだらう。

もともと万葉の歌は神・自然・人との心の通ひ路として、心を訴へる、思ひを交はし合ふ手だてとして存在した。歌は実際の生活、実人生と深く結びついてゐたのである。

郎女が活躍した天平時代は同じく万葉の時代と言つても、すでに歌が文芸化される時代であつた。生活のすさびとして歌はれ、特に貴族社会にあつては社交的な、優雅に遊ぶものとして実際の生活とは遊離した存在と化しつつあつたのである。郎女の歌はさうした時代を反映したものであり、特に前にも記したやうに、束の間の愛の体験のなかで青春を過ごし、早くも一人身の存在として人生を生きた郎女として風雅の世界に心を遊ばせたのは極めて自然なことであつたと言はねばならないのである。

しかしてこれらの郎女の歌が、平安女流文学の先駆的なものとして継承され、それへと展開されていつたことは、郎女にとり「もつて瞑すべきことだ」と言つたらよいであらうか。

庶民生活の息吹き

東歌の世界

一

『万葉集』には庶民の歌である「東歌」が、「東歌」と土壌を同じくする「防人の歌」が数多く収録されてゐる。このことは当時の識者たちの文化感覚の豊かさを物語るものであつて、感慨なきを得ない。『万葉集』が国民的歌集として他に類をみないのは、各界各層の歌が収録されてゐる点にあることは論を俟《ま》たないが、とりわけ庶民の歌が数多く収録されてゐることは極めて貴重なことといはねばならない。

「東歌」は巻十四にまとめられて二百三十八首が収録されてゐて、前半にどこで詠《よ》まれたものか国名の判明してゐる九十五首が、続いて後半に国名の判明しない百四十三首が収録されてゐて、前者を国名のわかる「勘国歌」と呼び、後者を「未勘国歌」と呼んでゐるが、すべてが作者不詳の短歌である。

「勘国歌」の範囲は、東海道では遠江・駿河・伊豆・相模・武蔵・上総・下総・常陸の八か国、東山道では信濃・上野・下野・陸奥の四か国、計十二か国の東国の歌が国ごとにまとめられてゐるので、「東歌」の東国の範囲は、東海道は遠江以遠、東山道は信濃以遠の地であつたことが考へられるのである。今日のわれわれが一般に考へる東国地方とはその範囲を異にしてゐることは注意されねばならない。

東歌には、地方性・集団性・民衆性・唱和性などを要素とする、いはゆる民謡的性格を多分に含む歌が数多く存在する一方、個人的な抒情の歌と考へられるやうな歌もあつて、一概に民謡的性格を持つものと断定することは出来ない。

作者についても、中央で詠まれた歌が地方に伝播されたもの、中央から地方に派遣された官人たちが詠んだもの、または地方豪族たちに依つて詠まれたもの、その他が考へられるのであるが、いづれにもせよ、それらの歌が一般民衆の共感を呼び、それが広く流布して、生活に潤ひを与えるものとして、一般民衆の共有するものとなつたことに間違ひはない。

これらの歌がどのやうにして蒐集されたかについても判然としないが、伝説・習俗を歌に詠んだ歌人として著名な、かつて常陸国に官僚として赴任したことのある、さらには『常陸風土記』の編成に当つた高橋虫麻呂や上野国の国守に任ぜられた田口益人などの個人によつて蒐集されたと考へる向きがある一方、庸調《ようてう》を貢上するために、或は労役に服すために上京した農民、徴発された防人たち、さらには衛士、采女《うねめ》として都で生活した人たちが伝へたといふ見解もあつていづれとも決定しがたいのである。恐らくはいろんな経路を通つて伝へられたものが、宮廷内の作業によつて、「東歌」巻十四の成立をみたと考へることが最も当を得たことではなからうか。その作業に大伴家持が深くかかはつたといふ説があるが注目すべきこととして一言して置かう。

以上のやうに「東歌」の世界は判然としないことが多く混沌としてゐるが、それはそれとして、ともかくも千数百年前のわれわれの父祖たちの生活のありやうを垣間見ることが出来ることは、何と喜ばしく、有難く、貴重なことであらうか。

二

東歌は作者不明で、すべてが短歌であり、民謡的要素を持つた歌が多いことは前述した通りである。もともとそれぞれの歌は個人によつて詠まれたものが民衆の共感を呼び、伝播されてゆくうちに何時しか作者の名は忘却されて、民衆の、集団の共有する歌と化していつたものと考へられるのである。しかしてそれらの歌の多くは様々な生活の場で唱和されるものだつたに違ひないのである。それではさうした性格の顕著な歌を順次取り上げてみたい。

筑波嶺に雪かも降らるいなをかも愛しき子ろが布乾さるかも　（三三五一）

―筑波山に雪が降つたのかな。いやさうじやなくて、いとしいあの子が布をほしてゐるのかな。―

多麻川にさらす手作りさらさらになにぞこの子のここだ愛しき　（三三七三）

―多麻川でさらす手作りの布のやうに、さらさらにどうしてこの子がこんなにもいとしいのであらうか―

稲つけばかかる吾が手を今夜もか殿の若子が取りて歎かむ　（三四五九）

―稲をついてあかぎれのしたわたしの手を、今夜もお邸の若様が手にとつて嘆かれるでせうか―

一首目の「筑波嶺に」の歌は常陸国のものであることは言ふまでもない。この歌は田植の前に、神聖な五月処女《さをとめ》の資格を得るために、村の処女たちが筑波山で物忌みの生活をしてゐることを素材として詠んだものである。「布乾さる」とは斎衣をほしてゐるのである。

季節は初夏、雪が降る筈もないが、「雪かも降らるいなをかも」とは敢てとぼけてみせたのであつて、この歌の「かも」の重ねとともに調子をとり、歌に流動性を与へ、事の進行する様子を形づくつてゐて軽快さを与へてゐる。歌そのものは会ひたいばかりの切なさが詠まれてゐるが、労働と共にうたはれた歌であつたであらうか。

二首目の歌は武蔵の国の歌。「多麻川にさらす手作り」まではサラといふ同音にかけた序詞であり、「さらさら」は布をさらす擬音語であると共に「今さらに」といふ意味をもたせたもので、景物から心情の表現へと転換する技法が用ひられてゐるのである。

上の句は明るい武蔵の国の風物がうたはれてをり、をとめたちの働く姿を目の前に見るやうであり、恋の切なさが調べの美しさと共に心に響くものがあつて何とも快よい。布をさらす作業の中で唱和されたものと言つてよいであらう。前の歌ともどもいかにも健康的にして明るい歌である。

三首目の「稲つけば」の歌は「未勘国」の歌である。身分制度の整然としてゐた時代に、この歌にうたはれてゐるやうな事はなかつたとは言へないまでも、それは恋の悲劇を予想させる以外のものではなかつたに違ひない。実はこの歌は叶ふべくもない恋、悲しくも哀れな恋を空想した、空想することで一種の楽しみを覚えた、はたから見れば笑ひを生むものに他ならなかつたのである。つまり「稲つき歌」として、この歌をうたひ、笑ひざわめきながら作業に精を出す女性たちの姿を彷彿《ほうふつ》とさせる歌といつてよいであらう。

歌そのものは、人目をしのんで会ふしかない女の悲しみが見られる歌であり、「殿の若子が取りて嘆かむ」には、恥かしくも思ひ、うれしくも思ふ心が見られるし、いたはりを受けるよろこびの心があつて女心のかなしさを覚えさせずには置かないものがある。東歌の中での秀歌とされる歌である。

筑波嶺の彼面《をても》此面《このも》に守部《もりべ》すゑ母い守れども魂ぞ会ひにける　（三三九三）

―筑波山のあちら側にもこちら側にも山の番人を置くやうにお母さんが番をしてゐるけれども、心は逢つてしまひましたよ―

駿河の海おしへに生ふる浜つづら汝をたのみに母にたがひぬ　（三三五九）

―駿河の海岸の磯に生へる浜つづらのやうに末永くとあなたを信頼して母の心にそむきました―

汝が母にこられ吾は行く青雲のいで来《こ》わぎもこ相見て行かむ　（三五一九）

―お前さんのお母さんにしかられて自分は帰つて行くが、出ていらつしやいよ吾妹子よ、一目でも顔を見て行かうに―

一首目の「筑波嶺」の歌は親の許さない恋を遂げようとする乙女の情熱が一途に激してゐる歌であり、あやまちがないやうにと見守つてゐた母の目をくぐつて、二人の恋情はいよいよこまやかになつて行く世界をうたつたものである。

二首目の歌は、母の心にそむいて心を許した乙女のあはれにも切ない思ひが詠はれてゐる。ひたすらに相手を信頼してやまない思ひが、「駿河の海おしへに生ふる浜つづら」といふ比喩的序詞によつて「末長く」と重々しくうたはれてゐるが、男女の結びつきがゆるやかな時代であつただけにその思ひは切実であつたであらう。女性としては一筋に信頼する以外に術《すべ》はなかつたのである。

三首目の歌は、女に逢ひに来て、母親に見つかつて追ひ帰される場面の歌である。青雲が雲間からひよいと顔を出すやうにひよいと出てこいよと未練がましくも訴へかける男の姿はいたはしいが、この訴へに女の方は母に叱られることもいとはず出て来ることになるのであらうか。何とも面白い歌ではないか。

処で「東歌」に登場する「母親」はこれらの歌でわかるやうに、年頃の女性からは慕はれる母といふより煙たがられ避けられる存在であつた。庇護者といふより監視者として受けとめられていたのである。母の心配は子供からは面倒に思はれるのであつて、このことはいつの時代でも同じこと、母親は賢くなければならないといふことにもならうか。

にほ鳥の葛飾早稲をにへすともその愛しきを外に立てめやも　（三三八六）

—今はたとへ葛飾で出来た早稲の新米を神様に供へてお祭りをしてゐる大切な身を潔くしてゐなければならない時でも、あのいとしい人のことですから、空しく家の外に立たせて置きはしませぬ—

児毛知山若かへるでのもみつまで寝もと我は思ふ汝はあどか思ふ　（三四九四）

—あの子持山の春の楓の若葉が、秋になつて紅葉するまでもお前と一緒にねようと思ふが、お前さんはどう思ふかね—

一首目の「にほ鳥」は葛飾にかかる枕詞で、にほ鳥即ち「かいつぶり」は水に「潜《かず》く」ので葛飾の「かつ」にかけたのである。この歌は女性の一途な恋心が切実で、きはどい思ひが詠はれた歌である。新嘗の祭りに奉仕する女性が男性とあふなど到底許されることではなく以ての外のことであるのに、敢て「その愛しき人」にあふと言ふのであるが、実はこの歌は禁忌—してはならないとさし止められてゐること—を犯すことを空想することの楽しさを、さらには「笑ひ」をかもす歌だつたのである。稲をこぎながら大勢して唱和したものであらう。なほこの歌は当時、新嘗の祭りが行はれてゐたことのあかしとして貴重な歌である。

二首目の歌も禁忌を犯すことを空想することの楽しさ、笑ひをさそふ歌に他ならない。「児毛知山若かへるでのもみつまで」とは甚だしい誇張であり、それだけで笑ひをさそふものがあるが、当時の習俗として夕暮に女性を訪ねた男性は夜の明けないうちに女性のもとを去つて行かなければならない掟であつたのに、夜が明けてしまふまで寝ていようといふのであるから、とんでもないこと、禁忌を犯すこと甚しいことだつたのである。歌は慣れ親しんだ男女の思ひあいの心の見られるもので、戯れあつた歌といつたらよからうか。この歌に見るやうに「東歌」の中には性愛を語るにためらひのない歌が多くあることは注意されてよい。

さて、以上の歌に見るやうな「禁忌」を犯す場合に限らず、「東歌」には「笑ひ」を呼ぶ歌が数多く見られる。笑ひは誰彼の区別なく誰もが共有できる世界であり、それは生活に潤ひを与へ、明るさをもたらすものであるが故に、特に庶民の歌に笑ひを呼ぶ歌が多い所以であらう。即ち、それは農村共同体社会にとつて潤滑油としての機能を果たすものであつたに違ひないのである。

三

「東歌」には個人的な抒情性をもつ歌があることは前言したところだが、次の一首はそれに当るものと言つてよいだらう。

信濃なる千曲《ちぐま》の川のさざれ石も君し踏みてば玉と拾はむ　(三四〇〇)

—信濃にある千曲川の小石だつて、あなたがお踏みになつたのなら、わたしは玉として拾ひませう—

この歌は、人が触れたものにはその人の霊魂が宿るといふ霊魂信仰にもとづいて詠はれたものであるが、まさしく個人的な抒情性の濃い歌で、恋する男女の心情の美しさが見られ、心憎く、奥ゆかしく、こまやかな思ひにみちてゐて、何と感じの深い歌であらうか。

筑波嶺《つくはね》の新桑繭《にひぐはまよ》の衣《きぬ》はあれど君が御衣《みけし》しあやに着欲《きほ》しも　(三三五〇)

—筑波山に新しくもえ出た桑で織つた立派な絹の衣は持ち合せてゐますが、それよりあなたさまのお着物を着たいものです—

常陸国の歌である。この歌も霊魂信仰の習俗によつた歌である。因《ちな》みに巻九に『柿本人麻呂歌集』所出として、

玉津島磯《いそ》の浦廻《うらみ》のまなごにもにほひて行かな妹も触れけむ　(一七九九)

—玉津島の岩の多い浦の砂にも色どられていかうよ、いとしい妻が手に触れたことだらうから—

の歌があるが、同様に霊魂信仰にもとづくもの、万葉集の歌にはこのやうな民俗信仰に依る歌が多く存在することを付言して置かう。

恋しけば来ませ我が背子垣つ柳末摘み枯らし我れ立ち待たむ　(三四五五)

—恋しかつたらいらつしやいませ、吾が背子よ。垣根のうちの柳の枝先をつみからすまでにして、私はお待ちしませう—

この歌は女性がいとしく思ふ男性に呼びかけた歌で「垣つ柳末摘み枯らし」の句には、もどかしく待つさま、じれつたいほど待遠しいといふ気持が具体的な所作をもつて表現されてゐて面白い。今日でも公園など待ち合せの場所には煙草の吸殻の散乱が見られ、垣根の木の葉が摘みとられてゐるのが見受けられるといふ。

我が面《おも》の忘れむしだは国溢《はふ》り嶺《ね》に立つ雲を見つつ偲はせ　（三五一五）

―あなたが旅にあつて若しも私の顔をお忘れになるやうな時は、国にあふれて立つ雲の峰を御覧になつて思ひ出して下さいませ―

宮廷護衛の衛士として、九州北辺の防備に当る防人として、或は種々の雑用に従ふ徭役《えうえき》などとして旅立つ男性を送る女性の歌であることは一読して明らかだらう。「雲」は離別してゐる人と人とをつなぐものとして考へられてゐた。この歌はどこで詠まれたものか判らない未勘国歌の歌として収録されてゐるが、この歌とそつくりのものが巻二十の防人の歌の中に見られることは注目されてよい。

我《あ》が面《も》《て》の忘れもしだは筑波嶺を振り放け見つつ妹は偲《しぬ》はね　（四三六七）

—私の顔を忘れさうな時には、筑波嶺を遠くふり仰いで妹は私を偲んで下さい—

右の一首は「茨城の郡の占部小竜《うらべのをたつ》」の詠として記されてゐる。恐らくは広く流布してゐた前の歌を模してよんだものであらう。いづれの歌も切なく思ひのこもつた歌で、しかも明るさを失しないところがよい。

取り上ぐべき歌はなほ数多くあるが、最後に次の一首について一言して置かう。

信濃《しなの》道《ぢ》は今の墾《は》り道刈《か》りばねに足踏《ふ》ましなむ沓《くつ》はけ我が背　（三三九九）

—信濃道は切り開いたばかりの道です。伐り株を足で踏んでしまはれるでせう。沓をおはき下さい。わがいとしいあなたよ—

若い結婚したばかりの妻が夫のことを気づかつてゐる歌で、女性の持つ情意の深さを示す個性的な抒情性を持つ歌として感銘を覚えるものがある。ところがこの歌は信濃路の工事に従事してゐた人々を対象にして遊女の立場で詠まれたもので、労働歌として唱和された歌といふ見解もあつていづれとも決しがたい。

信濃路の工事は『続日本紀』によると大宝二年（七〇二）に始められ十二年後の和銅六年（七一三）に完成したとある。「東歌」の中で作歌年代のわかる歌はこの一首に限られる。「東歌」の時代性を考へる上に貴重な歌であることを指摘して置きたい。

四

さて戦後、「万葉の時代」の殊に庶民の生活は、山上憶良の「貧窮問答歌」に見られるやうな、極貧の生活にさいなまれ、苛斂誅求《かれんちうきう》に苦しみ、奴隷的生活を強いられる暗黒的な極めて苛酷なものであつたといはれてきた。これは特殊なイデロギーによる観念を先入観として持ち、それに都合のよい事柄のみを集めて論断する偏頗《へんぱ》な思考にもとづくものと言ふ以外の何物でもない。

ここに取り上げた「東歌」は二百三十八首中僅かに十三首に過ぎないけれども、「東歌」を心の糧とした人々の生活は、今日の生活感覚をもつてすれば貧困をまぬがれるものではなかつたにしても、決していはれるやうに暗黒的な救ひのないものではなく、むしろ健康的で明朗さにみちるものだつたことを物語るものと言つてよいだらう。生活は歌に、歌は生活を反映するもの、そこには真実が宿るのである。

防人の歌

一

「東歌」と土壌を同じくする「防人の歌」は、巻二十に九三首、巻十四に五首、計九八首、その外に巻十三に「防人の歌」と思はれるものが二首ある。巻二十の九三首のうち八四首は天平勝宝七年（七五五）二月、難波津に於て大伴家持によつて蒐集されたものである。家持が蒐集した事情については、先に家持について論じた文の冒頭に記したものに譲るとして、ここでは「防人」に関して多少のことを記して置かう。

防人とは「崎守り」、辺境を守る兵士の意であり、唐・新羅の侵入にそなへるため、主に東国から壮丁が召集され、九州筑紫の海岸線と、対馬・壱岐の二島に配置された人々のことを言ふのである。

防人は大化改新で制度化されたが、実際に設置されたのは、百済救援のため遠征した際、白村江の戦で唐・新羅軍に敗北した結果、その翌年、天智天皇三年（六六四）十二月に設置されたのである。東国からの徴兵は、天平宝字元年（七五七）をもつて中止されて、西海道諸国の兵士をもつてこれに当てることになつたが、延暦十四年（七九五）には壱岐・対馬を除いて全面的に廃止された。

家持が防人の歌を蒐集したのは天平勝宝七年（七五五）の防人交替の時であるから、その二年後に東国からの徴兵は廃止されたことになる。その間凡そ九十年に及んだのであつた。

現地から徴兵しないで東国人をもつて防人に当てたのは何が故であるかと言へば、実は東国は西日本よりずつとおくれて朝廷に服属し、それだけに朝廷への帰属意識が鮮明であり、忠誠心が篤く、その上蝦夷と対立する地域でもあつて極めて勇武であつた。つまり朝廷の信頼度が極めて高かつたことが第一の理由としてあげられるのである。次に地域が広く人口が多かつたこと、さらには軍隊として秩序を維持し統制する上で好都合であつた事などが考へられる。なほこれは結果としてのことであらうが、東国と九州との文化的交流が考慮されたことが考へられるといふ指摘もある。

東国から集結地であつた難波津へ、さらには遥かな九州への船路を辿る旅程は、交通機関の著しい発展をみる今日のわれわれでは想像もできない前途多難な旅行きであつたのであつて、三年毎に交替する定めではあつたが、無事に帰還できるといふ保証はどこにもなかつたのである。

家持の手もとに差し出された歌は、第一に東国出立時の離別の歌、第二に東国から難波津に至る旅の途次での歌、第三に船団を組んで九州筑紫へ向かふのを待つ間の難波津での歌と三つの分野に分つことが出来る。いづれの歌も「純朴」であつて「真実の輝き」をもつもの、共感同悲を呼び起こさずには置かないのである。

それでは順次それらの歌を取りあげて実相に触れることにしたい。

二

時々の花は咲けども何すれぞ母とふ花の咲き出来《でこ》ずけむ　（四三二三）

—その時節〳〵の花は咲くけども、どうして母といふ花が咲き出てこなかつたのだらう—

父母も花にもがもや草枕旅は行くとも捧ごて行かむ　（四三二五）

—父母も花であつたらなあ。草を枕の旅に行くとしても捧げ持つて行かうに—

真木柱ほめて造れる殿のごといませ母刀自面変《おめが》はりせず　（四三四二）

——真木柱を祝福して造つた御殿のやうにいらつしやつて下さい母君よ、面立ちの変ることなく——

最初の二首には、父母を花であつてほしいと願ふ美しい心情がみられるが、親を慕ふ心の切なさが素朴な歌であればあるほどに哀切さをもつて迫るものがあるではないか。三首目の「真木柱」の歌には母の健在を祈り願つてやまない子としての切ない思ひが深々と詠まれてゐて感なきを得ない。

家持が蒐集した八十四首のうち「母」をうたふもの十二首、「父母」をよむもの十一首、計二十三首の歌を数へることが出来るが、防人にはやはり紅顔の若者が多かつたことを物語るものであらうか。(「註」・読みが普通でないのは方言によるのである。以下同様)

わが妻も絵に描きとらむ暇《いづま》もが旅行く吾《あれ》は見つつしのばむ　(四三二七)

——わが妻も絵に写しとる暇がほしい。旅行く私は、それを見ながら妻をしのばふものを。——

この歌には防人の任命を受けて出立までの間いくらもなく慌ただしさに追はれるものだつたことを伺はせるものがあるが、旅の途次の歌の中にも、同様の思ひを詠じた歌がある。次の歌がそれである。

水鳥の立《た》ちの急ぎに父母《ちちはは》に物言ず来《け》にて今ぞ悔《くや》しき　（四三三七）

—水鳥の飛び立つやうなあはただしさに、父母に何も言はず来て、今くやまれることだ—

防人《さきむり》に立《た》たむ騒《さは》きに家の妹《いむ》が業《な》るべきことを言はず来《き》ぬかも　（四三六四）

—防人に出発するあはただしさに、家の妻がするべき生業を言はず来たことだ—

処で故郷を出立に際して、最愛の妻の写し絵を持つて行きたいといふ思ひは何時の時代にあつても変らない人情の自然であらうが、何らのためらひもなく憚《はばか》ることもなく思ひのままを歌ひあげてゐるところに防人の純朴さがあつて感に堪へない。

実は「妻」をよんだ歌は三首にとどまるが、「妹」をよんだもの二十首、当然その中に妻を意味するものが多く含まれてゐることはいふまでもない。

道の辺の茨《うまら》のうれに延《は》ほ豆のからまる君をはかれか行かむ　（四三五二）

—道のほとりのイバラの先に、はひ伸びる豆のつるのやうにからまりあつたあなた様を残して別れて行くことであらうかあゝ—

上三句は序で、「からまる」を起すもの。「うまら」はイバラの古語、この場合は自分を卑下したたとへ。「君」は身分の高い男性をいふ言葉で、こゝでは作者が仕へた屋敷の若様をさすか。

この一首、連綿の情たちがたい思ひにみち、あたかも愛する女性との悲劇的な別れを思はせるやうな歌で痛々しさを覚えるものがあるが、実はこの歌は屋敷の若殿との別れの歌として詠はれたものであり、まことに珍しく、当時の主人とそれに仕へる者との間の人間関係の一斑が伺はれる貴重な一首といつてよいだらう。

わが面《もて》の忘れも時《しだ》は筑波嶺をふり放《さ》け見つつ妹はしぬはね　(四三六七)

—私の顔を忘れる時があつたら、筑波山を仰ぎ見て妹よしのんでほしい—

愛しあふ若い男女の間での惜別の歌として切なく、別れゆく若者の面持ちを眼前に見るが如き思ひがあるではないか。

以上は出立に際しての歌である。次に旅の途次での歌を取りあげてみよう。

忘らむて野行き山行き吾来れど我が父母は忘れせぬかも　(四三四四)

—忘れようと野行き山を越えて、私は来たが、わが父母の姿は忘れることが出来ないことだ。—

ありのままの心を述べたものである。それだけに真実の強さがある。

父母が頭《かしら》かき撫《な》で幸くあれていひし言葉《けとば》ぜ忘れかねつる　(四三四六)

—父母が頭をなでて無事でゐるやうにと言つた言葉を忘れることが出来ないことだ—

別れ際《ぎは》に頭をなでて無事を祈るのは当時の習俗であつたといふ。この歌、紅顔の防人の俤が偲ばれ、旅の途上にあつて親を思ふ心がいぢらしい。

わが妻はいたく恋ひらし飲む水に影《かご》さへ見えて世に忘られず　(四三二二)

—わが妻はひどく恋ひこがれてゐるらしい。飲む水に妻の姿さへも見えてどうにも忘れられないことよ――

愛する者との別れの苦しみの哀切さがにじみ出てをり、妻恋ふる歌として胸を打つ。

葦垣《あしかき》の隈処《くまど》に立ちて吾妹子《わぎもこ》が袖もしほほに泣きしぞ思《も》はゆ　（四三五七）

――葦垣の隅のところに立つて、いとしい妹が袖をぬらして泣いた姿が思ひだされることだ――

人目を避けて名残りを惜んだ情景が具体的に述べられてゐる。別れにおける愛する者のしぐさを心にきざんだ歌であつて、妹への懸念を残して旅ゆく者の姿を眼前に見るやうである。

韓衣裾《すそ》に取りつき泣く子らを置きてそ来ぬや母《おも》なしにして　（四四〇一）

――韓衣の袖にとりすがつて泣く子を残してきたことだ。母もいないのに。――

子に対する歌。痛ましさにみちてゐる。留守する間の生活の問題にも心を苦しめる姿がみられて一段の悲痛さを覚えさせずには置かない。

思へば険難一路の旅、野宿を繰返しながらの露営の夢に、親のこと、妻のこと、子のこと、さらには愛する人のことが現はれては消え、消えては現はれることであつたらう。

さて、難波津での九州への出航を前にしてはどんな歌がうたはれたであらうか。

八十国《やそくに》は難波に集《つど》ひ船《ふな》かざり我《あ》がせむ日ろを見も人もがも　（四三二九）

―八十国の人々は今や難波に集まり船飾りをする。そんな日の私を見る人がゐてほしい。―

難波津に装ひ装ひて今日の日や出でて罷《まか》らむ見る母なしに　（四三三〇）

―難波の港に装ひをこらして、今日の日にこそ出発してゆくことだらうか、見送る母もなくて―

難波津《なにはつ》に御船《みふね》下《お》ろ据《す》ゑ八十楫《やそか》貫《ぬ》き今は漕《こ》ぎぬと妹に告げこそ　（四三六三）

―難波の港に御船を下ろし据ゑ、多くの楫（かじ）を通し、今こそ漕ぎ出したと妻に告げてほしい。―

摂津《つ》の国の海の渚《なぎさ》に船装《ふなよそ》ひ立《た》し出《で》も時に母《あも》が目もがも　（四三八三）

―津の国の海の岸辺べに船の準備をし、出発する時に母に逢ひたいことよ。―

以上の四首には、船の整備も終り、軍装に身を整へ、決然として任地に向ふ自分の、いはば元気な晴れの姿を一目でも慕はしい母に、愛する妻らに見てもらひたいと願ふ心が脈打つてゐるといつたらよいであらうか。

思ふに遠近それぞれに各地方から集結した防人たちは、部隊の編成も終り、出航を前に一種言ひがたい緊張感に身をつつみ、郷里を後にしてきた悲愁や不安な心にも一定の整理がつき、あらためて自分に課せられた任務への自覚を、決意を確かなものにしたに違ひないのである。

天地《あめつち》の神に祈《いの》りてさつ矢貫《やぬ》き筑紫の島をさして行く我は　(四三七四)

—天地の神に無事を祈つて、矢を靭（ゆき）に貫き、筑紫の島を目ざして行く。私は。—

さつ矢は狩に用ゐる矢のこと。戦ひに用ゐるものは征矢《そや》。ここは矢の総称として用ひたものと思はれる。防人は弓の矢五十本を携行する義務を負はされてゐたのである。

この歌、決然として任地に赴く防人の勇姿を彷彿とさせるものがあるではないか。

三

今日よりはかへり見なくて大君《おほきみ》の醜《しこ》の御楯《みたて》と出で立つ我は　（四三七三）

――今日からはすべてをかへりみないで、大君の勇猛な御楯として出で立つのである。私は。――

この歌は、防人として郷里を出立するに際しての歌で、昨日までの様々な憂苦、つらさを清算して、涙を払つてりりしく出で立つ雄々しい心が詠はれてゐるのである。

戦争中、出征する多くの人々がこの歌に思ひを寄せ、共感を覚えて出陣の決意を堅固なものとしたのであつた。

歴史を支へて来た真実に、高貴なる価値に身を寄せて粛然として戦線に向つたのである。それはこの歌に見ると同様に悲壮にも美しく尊い姿であつた。

かへりみれば国土防衛の任を背負つて、遠く東国の地から九州筑紫へ向つた、われわれの父祖たる防人たちが今を去る一二五五年前に詠み残したこのやうな真実あふれる歌に接することが出来るとは、何と有難いことであらう。しかもそれらの歌は国を守ることが深い悲しみを伴ふものであることを語り、かつまた国はさうした悲しみを超えてゆくことに依つて守られるものであることを伝へるのである。まことに貴い歌といはねばならない。

最後にこれら防人の歌を蒐集し、万葉集の中に収録することに心を用ひた大伴家持の志の高さに限りない感動と敬意を覚えることを記して結びの言葉としたい。

日本の歌

——解説と寸評——

石ばしる垂水《たるみ》の上《うへ》のさ蕨《わらび》の萌《も》え出づる春になりにけるかも

志《し》貴《きの》皇《み》子《こ》

『万葉集』巻八、巻頭を飾る御歌。一首の意は「巌の面を音をたてて流れおつる、滝のほとりには、はや蕨の萌え出づる春になつた、懽《よろこ》ばしい。」といふのである。「石激《いはばし》る」は「垂水」の枕詞、ここでは「巌の上を走り流れる」の意に解する方が適切。「上」は「ほとり」の意。「なりにけるかも」には、長い詠嘆と感動の深さがある。なほ「の」の重ねはのびやかで流動的な快い調べをかもし流麗明快である。

この御歌は、春の確かな訪れを，柔らかに萌え出した，滝のほとりのさ蕨に見出された懽びをうたはれたもので、自然の生気の確かなよみがへりと、それを受けとめられた新鮮な感動、生々とした御心の躍動が拝される。自然のさまざまな姿をもつて心の世界を表象するのは万葉人の特性であるが、この御歌も自然の相に依つて御心のうちを美事に詠ひあげられたものといつてよいであらう。『万葉集』には皇子の六首の御歌が収められてゐる。いづれも秀作で特にこの御歌をはじめ「釆女の袖吹きかへす明日香風《あすかかぜ》都を遠みいたづらに吹く」「葦辺《あしべ》行く鴨《かも》の羽交《はが》ひに霜降りて寒き夕《ゆふべ》は大和《やまと》し思ほゆ」の三首は、『万葉集』中の傑作として人々の讃嘆してやまないものである。皇室をはじめ一般庶民にいたるまで歌を心の通ひ路として詠み交す、何と貴く優雅な事か。

大君《おほきみ》は神にしませば天雲の雷《いかづち》の上に盧《いほり》せるかも

柿本人麻呂

『万葉集』巻三巻頭の歌。詞書に「天皇、雷《いかづち》の岳《をか》に幸《いでま》す時に、柿本朝臣人麻呂が作る歌」とあり、天皇は持統天皇と考へられてゐる。「雷の岳」は飛鳥の神奈備《かむなび》山、神岳ともいふ。「天雲の」は枕詞、天雲の中にゐる意。「盧せる」は御座所をお置きになること。一首は「天皇は神でいらつしやるから、天雲にとどろく雷のさらにその上に、仮のやどりをしておいでになることよ。」の意である。

天武天皇の力強い御指導のもと律令国家の確立が推進され、新しい体制が前途への希望を抱かせた時代，歌聖人麻呂は「天皇のはかりがたき御いきほひ」（賀茂真淵）をかくは歌ひ、自ら感嘆を深くしたのである。躍動感，生動感にみちた歌である。

「神」とは一神教でいふ全智全能の神とは違ひ、人格・自然の中に神威を知覚する日本人の神観にもとづくものである。この歌の外に「大君は神にしませば」を上の句とする歌は五首を数へることが出来る。『万葉集』で言へば第二期－壬申の乱後、奈良遷都前の時期の歌である。

み吉野の象山《きさやま》の際《ま》の木末《こぬれ》にはここだも騒ぐ鳥の声かも

山部赤人

『万葉集』巻六所収。「山部宿禰赤人が作る歌」の反歌二首の中の一首。「ここだ」は沢山の意。この歌は「の」のたたみかけによつて、吉野・象山・木末と焦点をしぼつて「騒ぐ鳥の声」に思ひを集約。「木末」までは視覚でとらへた景、下の句は聴覚による描写。それが一つに融け合つて、この歌に深みを与へてゐる。吉野の山の朝明けの中のさわぐ小鳥たちの姿、静かさの中のにぎはひ、生けるものの生命《いのち》の躍動するさまに限りない喜びを感じた赤人のすぐれて優しい心ばへが見られる歌である。

「ぬばたまの夜の更けゆけば久木生ふる清き川原に千鳥しば鳴く」、一対の反歌であるが，この歌は吉野の夜の「川」の景、千鳥の声がしみ透つてゆく清澄の世界をとらへたもの。ところでこの二首、吉野の「山」と「川」、それも「朝」と「夜」のもつ風趣をとらへて吉野への限りない讃歌として詠つたものである。大和朝廷にとつて吉野は深く御心をお寄せになつた格別の土地，聖地にほかならない。この歌は聖武天皇の吉野行幸に従駕した折のものと考へられるが、聖地吉野への讃歌を通して天皇の御いのちのいや栄えを祝福して詠じたものである。何と明るく、生命感にみち、端正にして温雅さに支へられたうたであらうか。

妹として二人作りしわが山斎《しま》は木高く繁くなりにけるかも

大伴旅人

『万葉集』巻三に所収。歌は「妻とともに二人で作ったわが家の庭園の木々が高くこんもりと茂つたことだ」といふ意である。この歌は「故郷の家に還り入り、即ち作る歌三首」の中の第二首で、三首は連作。「木高く繁くなりにけるかも」といふ山斎即ち庭園の実写には，年月の経過と人事の変転を黙々として語るものを見ての嘆きが表象されてゐる。旅人は六四歳の老齢の身で大宰府の帥（長官）として西下（神亀五年・七二八）。着任早々に妻の急死にあふ。宰府では「沫雪《あはゆき》のほどろほどろに（うつすらと）降り敷けば平城《なら》の京《みやこ》し思ほゆるかも」と望郷の念を切にした旅人であつたが、帰京がかなつてわが家に帰りついたとき、妻の姿のない家のむなしさは覚悟の上だつたとはいへ、この歌のやうにその思ひは悲愁の絶するものであつた。何ら飾るところのない、あるがままを描写したこの歌、作つたといふより自然に溢れ出た歌といふべきか。

旅人には遊びの歌、現実逃避を思はせるやうな歌もあるが、旅人にとり歌は心の生活、いのちの支へとして存在した。人と思ひを交はす挨拶性、或は儀礼性を持つ万葉の歌相から一歩を踏み出して人生の歌として詠んだ。高い評価がある所以か。

士《をのこ》やも空《むな》しかるべき万代《よろづよ》に語り継《つ》ぐべき名は立てずして

山上憶良

『万葉集』巻六所収。「山上臣憶良、沈痾《ちんあ》の時の歌一首」、大病にかかつた時の詠である。天平五年（七三三）七四歳で歿。この一首、辞世の歌と考へられる。憶良は渡唐の体験もあつて特に儒教思想に通じ、忠良篤実な官僚として生きた。

「士」とは中国の士大夫思想に基づくものと言はれ、もとより名は世俗的な名声ではない。一首は「士たるものが空しく一生を終つてよからうか。後々まで語りつぐほどの名は立てずに。」といふ意である。死を前にしてなほも理想を追ひつづけた憶良の生の在りやうを伝へてやまないのである。

憶良は、有名な「貧窮問答歌」、新奇思想に迷ふ若者を戒めた「惑情を反《かへ》さしめる歌」、遣唐使の無事を祈る「好去好来の歌」、或は「子を思ふ歌」その他、長短歌合せて七十六首を残してゐる。いづれも人生を凝視し、現実を直視し、それらを写実的な詠風を以て歌ひ憶良独特の歌風を形成した。ところで大伴家持は追和して「丈夫《ますらを》は名をし立つべし後の代に聞き継ぐ人も語りつぐがね」と歌った。思ふに憶良のこの歌、歴史を生きる者の意志の強じんさを示すものと言ふべきか。

防人の歌

大君の命《みこと》かしこみ磯に触り海原《うのはら》わたる父母を置きて

『万葉集』巻二十、「防人の歌」八十四首の中の一首。防人とは埼守又は境守の義で、辺境を守備する兵士のこと。天智天皇三年（六六四）、対馬・壱岐・筑紫国等に配置されたのが最初である。八十四首は天平勝宝七年（七五五）二月、防人交替（三年毎）の年に当り、新たに東国より筑紫の赴いた兵士たちの間で詠はれてゐた歌を、当時兵部少輔の職にあつた大伴家持が各国の防人部領使（防人を難波へ引率する者）に命じて蒐集したもの。一首は「大君の仰せを畏んで、海岸の岩に触れ海原を渡ることとだ。父母を後に残して。」といふ意である。「父母を置きて」には、愛する者との生別死別の悲痛な思ひを内に包みながら、一方に公のために出で征く者の決然たる思ひとが交錯する響きがある。先の大戦に出陣された人たちの思ひの原型をここに見る感を禁じ得ないが、かかる悲しみを超克して生きた人達によつて国は守られて来たのである。防人の歌「今日よりは顧みなくて大君の醜の御楯と出で立つ吾は」は戦時中人口に膾炙したものであるが、「今日よりは顧みなくて」の背後には恩愛の情絶ち難い思ひがあるのである。

新しき年の始めの初春の今日降る雪のいや重《し》け吉事《よごと》

大伴家持

『万葉集』二十巻の巻末を飾る歌。詞書に「三年春正月一日に、因幡国《いなばの》の庁《ちやう》にして、饗《あへ》を国郡《くにのこほり》の司《つかさ》等に賜ふ宴の歌一首」とある。三年は天平宝字三年（七五九）この一首「新しい年のはじめの、新春の今日を降りしきる雪のやうに、いつそう重なれ、吉き事よ。」といふ意である。初句、二句の内容の重なりは歌に荘重さを加へ、「雪の」の「の」はやうにの意。元旦の雪は豊年の瑞祥と考へられてゐた。歌は元旦を寿《ことほ》ぐといふよりこれからの大御代の栄えを祈るものといふべく家持がこの歌を以て『万葉集』全巻の結びとしたのにはさうした並々ならぬ思ひが秘められてゐたといふ以外にはない。

「海行かば水漬《みづ》く屍《かばね》　山行かば草生《む》す屍　大君《おほきみ》の辺《へ》にこそ死なめ　かへり見《み》はせじ」（第十八・四〇九四）とは家持が大伴氏の名誉ある立場を表明したもの。官人としての家持の生涯は栄光から衰退への哀れさをとどめたが、一筋に忠勤を励む大伴氏の立場を守ることにこころを用ひた。この寿歌、その延長線上に位置するものといつてよいであらう。

袖《そで》ひぢてむすびし水のこほれるを春立つけふの風やとくらん

紀　貫之

この一首、『古今和歌集』巻一開巻二首目の歌。『古今和歌集』は醍醐天皇の勅旨を奉じて、紀友則《きのとものり》・紀貫之《きのつらゆき》・凡河内躬恒《おほしかふちのみつね》・壬生忠岑《みぶのただみね》の四人が撰進の任に当つた。紀友則は途中で亡くなつたので、中心となり代表となつたのが紀貫之である。

一首は「暑かつた夏の日に、袖の濡れるのもいとはず、手ですくつて楽しんだ山の清水ーそれが寒さで凍りついてゐるのを、春立つ今日の暖かい風が、たぶん今ごろ解かしてゐることだらう」といふ意。去年は水を結び、今年は氷を解くと対句的に詠ひ、水を中心に四季の移りををりこんだ理知的技巧にこの歌の面目がある。調べもまことに優雅、古今風の特質を示して妙である。

処で貫之は巻頭を飾る、歌論の嚆矢《かうし》として和歌史上に光り輝く「仮名序」をものした。末尾を「古《いにしへ》を仰ぎて今を恋ひざらめかも。」ー昔の『万葉集』を仰ぎながめ、今の『古今集』を慕はないことがあらうか、そんなことは決してないーと結んで、大きな自身と抱負を述べてゐるが、事実これより千年の間、歌壇の指針として尊重されると共に繊細にして優美な風雅さは日本人の美意識を深遠なものとした。わが国文化の精粋として影響を与へるところは広く大きい。貫之の歌は集中「春たちける日によめる」この歌を含め九八首に及ぶ。

雪ふりて年のくれぬる時にこそつひにもみぢぬ松も見えけれ

よみ人しらず

『古今和歌集』巻第六、冬歌（三四〇）。この一首「雪が降つて寒くなり年も暮れてしまふ時になつてはじめて、いかなる風雪にも堪へて最後まで色を変へない松のすばらしさがわかるのである。」といふ意である。「寛平の御時きさいの宮の歌合のうた」と題されてゐるが、「寛平の御時」は宇多天皇の御代である。この当時、漢詩句を歌によみ、反対に歌を漢詩に訳すことが行はれた。この歌は『論語（子罕《しかん》）』の「歳寒くして後に松柏の凋むに後るるを知る」の語句を歌によんだもの、見事といつてよいだらう。

この歌に接して思ふことは多い。とりわけ昭和二十一年一月、御歌会始の儀において昭和天皇がお詠み遊ばされた『ふりつもるみ雪にたへて色かへぬ松ぞ雄をしき人もかくあれ』の御製は脳裡を離れることがない。敗戦に打ちひしがれた国民への御励ましの御思召しが拝されるが、この御製には天皇おんみづから占領政策の嵐が吹きすさぶ中で毅然として御高風を堅持し給ふ気高いお姿が仰がれるのである。実はこの年を始めとして全国御巡幸の御旅をつづけさせ給ふたが、この御製に仰ぎ見るやうな気高い御高風に接し得た国民は等しく労苦や悲嘆を忘れてたゞ感涙にむせんだのであつた。それは君民共に徳を積む国風を実感し得た貴重な時間であり空間であつたのである。

春霞たてるやいづこみよしのの吉野の山に雪はひりつゝ

よみ人しらず

『古今和歌集』、巻第一、春歌上、に所載。この歌は二句目で切れ、句中の「や」は軽い反語。二句は「春霞の立つてゐるのはどこだ。立春になつたからどこかで霞が立つてゐるだらうが、いくら探しても霞はどこにもないではないか。」といふ意。「よしの」の重ねは素朴な表現で柔らかくゆつたりしたリズムがある。「雪は降りつゝ」の「つゝ」は言外に余意をふくみ、春のおそいのを嘆く気持がこめられてゐる。この歌は作者不明の歌で、同様の歌が集中千百首のうち四百五十首に及んでゐる。そのほとんどが万葉後期の大伴家持時代の歌と接続するものと見ることが出来るが、『古今集』への過渡的格調を示すこれらの歌が、『古今集』の「古」の時代の歌としてこんなにも数多く収録されてゐるのは、文化の尊重、伝統の継承に御心を用ひられる皇室の高貴な御精神に依るところであつて、まことに有難いといふほかはない。なほ春歌上下合せて百三十四首、春を待つ歌、春を迎への歌、行く春を惜しむ歌と時の移りに従つてそれぞれの歌が整然と配置されてゐる点に編者の心配りが仰がれる。心のこまやかさ、美しさはわれわれの美意識を高次なものとせずには置かない。もとよりこの一首は、山深き里に住む人の春待つ心の切実さをよんだものである。

ところだらう。

久方のひかりのどけき春の日にしづ心なく花のちるらむ

紀《きの》　友則《とものり》

『古今集』巻二春歌下（八四）所載の歌。この歌は百人一首にも入り著名な歌で人々の周知されるところだらう。

一首は「日の光ものどかな春の日に（どうしてこのやうに）落ちついた心もなく花が散つてゐるのであらう」といふ意である。「久方の」はもともと枕詞であるが、ここでは「日の」意に用ひられてゐる。「花の散るらむ」の「らむ」は花の散るのを推量するのではなく、その理由「しづ心なく」を推量するのである。この歌は上の句のいかにもうららかで、おだやかな春の陽ざしと下の句のしづ心なく花の散るのを対比させてゐる点に、なほ「桜の花」を擬人化してゐるところに知性的なひらめきを見ることができる。「桜の花のちるをよめる」と題するこの歌は、あわただしく或は潔《いさぎよ》く散つてゆく桜の花を惜しんでやまない心を曲折的な表現をもつて詠じたものであるが、しみじみと惜春の思ひにひたつてゐる作者の心を伝へてゐて典雅、即ちみやびやかで、しとやかで上品である。歌中の「の」及びハ行音の重ねは柔かいリズムを感じさせて優麗である。

紀友則は三十六歌仙の一人で、『古今集』には四十六首が収められてゐる。優麗典雅で整つた快よい調べに特色がある。

秋来ぬと目にはさやかに見えねども風の音にぞ驚かれぬる

藤原敏行

『古今集』巻四秋歌上、巻頭を飾る歌。この歌は人口に膾炙してゐる歌であり特に解釈の必要はないからう。ただ「おどろく」は今日のやうにびつくり仰天するといふほどの意味はなく、はつと注意を引かれる、ふと気づくといふやうな意である。

風の音に秋の訪づれを感知したといふのは鋭い神経であり、この歌には涼しい季節を迎へる喜びがこもつてをり、微妙な自然の動きをとらへて、調べも美しく、秋風をきいてゐるやうな感じである。実はこの歌に続いて四首の秋風の歌が収められてゐるが、秋の訪づれは春とは違ひ目に見る景色の変化は見られず、さはやかな風の音のみがそれを感じさせるのである。この歌はその情趣を伝へて絶妙であるといつてよい。

ところで王朝の歌びとたちは、四季をりをりの自然の情趣を理解し、それにふさはしい応接ができることが教養として求められた。自然の情趣を理解することは人生を美しく生きるための大切な知恵とされたのである。

王朝の歌びとたちの間に生れた自然や季節に対する鋭くこまやかな感覚は、日本人の美意識を規定して今日に及んでゐるといつて過言ではない。「秋来ぬ」のこの歌が今も人々の共感を呼ぶのは、その何よりのあかしといつてよいだらう。

見てのみや人に語らむさくら花手ごとに折りていへづとにせむ

素《そ》性《せい》法《はふ》師《し》

『古今和歌集』巻第一、春歌上（五五）の歌。素性法師は六歌仙の一人僧正遍照《そうじやうへんぜう》を父とし、三十六歌仙の一人に数へられる歌人。集中に三十六首収録。この歌「山のさくらをみてよめる」と題し、一首は「ただ目で見ただけでこの美しさは人に話すことができようか、語りつくせるものではないので、桜の花をめいめいが手折つて家へのみやげにしよう」といふ意。「見てのみや人に語らむ」の句には、桜の花のえも言はれない美しさへの昂《たか》ぶる感情を抑へた知的な曲折的表現が見られるが、それだけに下の句の率直な語りかけと風雅な様はこの一首に調和を与へて何ともゆかしい。素性法師の有名な歌「みわたせば柳桜をこきまぜて都ぞ春の錦なりける」はこの歌につづいてゐる。花盛りの都を眺めて詠んだ歌で、「平安の都そのものが春の錦だつたのだ」と、秋山の紅葉を秋の錦といふのに対して、「春の錦」を発見し得たことへの感動をうたつた、都と春への讃歌である。

万葉では梅を春の花として詠ひ、古今では桜を賞美してやまないが、平安びととの優雅さは日本の春の風趣をとらへて妙である。知的に洗練された日本人の美意識の典型が『古今集』にあることは論をまたない。同時に日本語の美しさがここにはぐくまれた点も留意されなければなるまい。

はちすばの濁《にご》りに染《し》まぬ心もてなにかは露を玉とあざむく

僧正遍《へん》照《ぜう》

『古今集』巻三夏歌《なつのうた》（一六五）所収。この一首上の句には「蓮は濁りに染まない程高潔な心をもつてゐながら」と理知的な表現がみられるが、この部分は『法華経』の「湧出品第十五《ようしゅつほん》」の「善《よ》く菩提《ぼだい》の道を学びて世間の法に染まず、蓮華《れんげ》の水に在るが如し」の法語をふまへたものと考へられてゐる。それをうけた下の句では「蓮におく露を玉のやうに見せて人を欺くといふのは一体どいふわけか」と「葉の露」を加へて趣向を改めてゐるが、まことに軽妙である。この歌は「はちすばの露を見てよめる」と題されてゐて、もとより葉の上におく露が玉と輝く美しさを詠じたものであり、曲折的な歌ひぶりから来る調べの軽妙さは流石である。

紀貫之は遍照の歌について「歌のさまは得たれども誠すくなし」と評してゐる。軽妙にすぎて実意に乏しい点があるとすれば、それは、俗気をはなれてとらはれない心境にあつた僧正遍照として、自然なことだつたのではなからうか。

遍照には同じ趣向の歌として「あさみどり糸よりかけて白露を玉にもぬける春の柳か」（二七）がある。対比してみるに遍照の美意識の様相がうかがはれる。

「はちすば」の歌は遍照の軽妙洒脱な歌風が最もよくあらはれたものとして評価が高い。集中十七首。繊細な感情を沈静し、情趣ゆたかな歌風の形成に果した功は大きい。

夏の夜はまだよひながらあけぬるを雲のいづこに月やどるらん

清原深養父《ふかやぶ》

『古今和歌集』巻三、夏歌に所載（一六六）。「月のおもりしろかりける夜の暁がたによめる」と題しての歌。

「今夜はまだ宵の口だと思つてゐたら、そのまま空が明るくなつてしまつたことだ。これでは月が西に沈む暇があるまい。進退窮まつた月は、どの雲に宿を借りてゐるのだらうか。」といふ意である。この歌は暮れたかと思ふとすぐ明るくなる夏の夜の短いことを誇張してうたつたものだが、機知を働かせた歌で、一種の滑稽さに通ずる面をもつてゐる。それでゐて夏の夜にふさはしいすがすがしい感じにみち、月の美しさをも連想させるところがあつてまことに巧である。「あけぬるを」の「を」は詠嘆の助詞で「…であるよ」と解すべきもの。なほ深養父には「雪の降りけるをよめる」（三三〇）と題する「冬ながら空より花の散りくるは雲のあなたは春にやあるらむ」の歌があるが、同様の趣向をもつもの、機知性にとむ歌といつてよい。

『古今和歌集』の特性は知性的、曲折的、幻想的、機知的などがあげられる。深養父の歌は機知性を遺憾なく発揮したもの、その典型といふべきか。

生歿不詳。三十六歌仙の一人で十七首が収められてゐる。歌風は平明で調和がとれてゐる点に特色がある。

明日知らぬわが身と思へど暮れぬ間の今日は人こそかなしかりけれ

つらゆき

『古今集』巻十六、哀傷歌三十四首の中の一首（八三八）。

「紀友則が身まかりにける時よめる」と題されてゐる。紀友則は『古今集』撰者の首席者であつたが撰集の途中で歿した。この歌は友則の死去に際して紀貫之が詠んだもの、「明日どうなるかもわからない、はかないわが身であるとは承知してゐるが、かうしてまだ生きてゐる今日のうちは、亡くなつた友のことが、悲しいことであるよ。」といふ意。「暮れぬ間の今日」には「死なないで生きてゐる間」といふ意をもたせてゐる。上の句は仏教思想によるものだが、友人の死をいたんだ真情の流露する思ひの籠つた歌である。

「哀傷歌」は『万葉集』の「挽歌」に当るが、葬儀に際しての歌、服喪中の歌、喪が明けての歌、さらに数年後に死者を追悼した歌、作者自らが死に臨んでの歌と順序立てられて収録されてゐる。万葉集の「挽歌」は凡そ死者生前の事跡に思ひを寄せ、泣血哀慟《きふけつあいどう》する生々しい思ひにみちてゐるが、『古今集』の「哀傷歌」は果《はか》ない生命であることを知覚した上での、それだけに死の到来を嘆いてやまない沁々とした一種の諦念に支へられてゐる。貫之のこの歌は古今的哀傷歌の典型をなすものといつてよいだらう。

うたたねに恋しき人を見てしより夢てふ物を憑《たの》みそめてき

小野小町

『古今集』巻十二恋歌二の歌（五五三）。この一首「うたた寝をして恋しい人を夢に見てこのかた、はかない夢といふものをばたのみにするやうになつてしまつたことよ」の意。

実はこの歌の前に同じ作者の「思ひつつぬればや人の見えつらむ夢としりせばさめざらましを」の歌がある。この方が人口に膾炙してゐるが、この歌には夢ははかなく頼りにならないといふ思ひがあり、「うたたね」の歌にはその頼みにならないものを頼りにするやうになつたと心の変化をうたひ、夢に対する古代的な俗信仰への思ひがあつて恋への思ひがより真実にうたはれてゐて面白い。

さて『古今集』には三百六十首、全体千百首の三分の一に及ぶ恋歌が巻十一から巻十五までに収録されてゐる。この事は恋即ち愛が人生の中枢をなすことを表徴するものといつてよからうか。思ふに『万葉集』の相聞歌（恋歌）が古代の人々の様々な生の悲しみや嘆きそして喜びを生々と歌つてゐるのに対して、『古今集』の恋歌は感情を知的に整へ恋の情趣を静的に美しいものとして詠ひ、「上品であつてうちつけでなく、穏和であつて強烈でなく、ゆたかに余情を存するもの」と評される点、大いにかへりみるべきであらう。しかもそれが千年に及んで日本人の心を浄化し豊かにしてきたのである。それにつけても生活そのものを歌つた万葉の真率な愛の世界と、古今の理想化された情緒的な美への憧憬の世界とを心に持ち得るとは何と貴重なことであらう。

わが君は千代に八千代にさざれ石のいはほとなりてこけのむすまで
よみ人しらず

『古今集』巻七、賀歌《がのうた》、巻頭の歌（三四三）。「わが君のお年は千代、八千代にまで続いていただきたい。一握りの小石が少しづつ大きくなり、大きな岩になり、それに苔が生える時までも」の意である。「わが君」は敬愛の意をこめていふ語。

この歌はいふまでもなく国歌「君が代」の原歌であり、『新撰和歌』『和歌体十種』『古今和歌六帖』、なかんづく広く人々に親しまれた『和漢朗詠集』の中にも見られ、その後（中世）「わが君」は「君が代」と改められ、それより数へても九百数十年といふ長い年月にわたり、祝歌として愛誦され朗吟されて今日に及ぶのである。

近代国家を実現した明治の御代になつて、国内外の要請に応へて、「君が代」が「国歌」とされてよりしても、凡そ百年の歴史を閲《けみ》するのである。歌の意味するところはもとより、その調べにおいて高古荘重であり、他の追従を許さない。

「君が代」が天皇の大御代を意味することは言ふまでもない。この国歌「君が代」は、建国以来一貫して天皇を国の中心に仰ぎ奉り、生成発展を遂げてきたわが国の国柄の真髄を見事に詠ひあげたものである。由緒深くかつ平和的にして敬虔な国民の真情を示すこの歌を、国歌として歌ひうることの貴さに感なきを得ない。

見わたせば花も紅葉もなかりけり浦の苫屋《とまや》の秋の夕暮

藤原定家

『新古今和歌集』巻第四・秋歌上（三六三）の歌。藤原定家は後鳥羽院を中心に仰ぐ歌壇の重要人物、『新古今集』の撰者でもあつた。治承・寿永の騒乱を前にして、世上の乱逆によつて荒廃した文化の伝統を守りぬかうとした孤高一徹の詩人、中世以後の最大の歌人として仰がれてきた。

この一首は「遠くから広く見ると、花が咲いてゐるといふのでも、紅葉が美しいといふのでもない。海辺にある海人《あま》のわびしい家、花も紅葉もないが面白く、また物哀れである、秋の夕暮は。」といふ程の意である。この歌には、花とか紅葉とかいふ伝統的な美とは異質な美を、何ひとつ目を喜ばせるもののない海辺の景色に感じとつてゐるのである。『新古今集』の時代が発見した新しい美の意識を最もよく表現した歌といつてよいだらう。

実はこの歌と並んで寂連法師の「淋しさはその色としもなかけり真木立つ山の秋の夕暮」、西行法師の「心なき身にもあはれは知られけり鴫立つ沢の秋の夕暮」が収録されてゐる。「秋の夕暮」といふ同じ結句を持ち、しかも歌境もよく似通つて、いづれ劣らぬ秀歌であり、古来「三夕の歌」として著名である。芭蕉が俳句の世界で創造しようとした「わび」「さび」といふ我が国独得の美の概念は、これらの歌の中にある美の意識を基盤として生まれたものに他ならない。

寂しさに堪へたる人のまたもあれな庵並べん冬の山里

西行法師

『新古今和歌集』（勅撰第八集）所収。巻六冬歌（六二七）。この一首「山里の寂しさに堪へて厭はずに住む人が我以外にもう一人あれよ。庵を並べて住まう。この冬の山里に。」といふ意である。「作者の清純な気持が見られ、それを通してその余情として寂しさに堪へられさうもない心の機微が感ぜられる。全体として明るい。」との評がある。

西行はいはゆる専門歌人ではなかつた。それだけにとらはれることなく自由に詠つた。当時の宮廷和歌にはなかつた彼自身の人間を感じさせるものがある所以である。

悠々としてせまらず、淡々とした歌ひぶり、調べも整つてをり、確かに暖かい人間愛を求め、真実に生きた西行の心を偲ばせずには置かないものがある。

西行の面目については先師平泉澄博士の名著『芭蕉の俤』に依つて理解を深めていただく外はないが、『新古今集』に収録される歌数、西行の歌が最も多く九十四首に及んでゐる。なほ勅撰第七集『千載集』には十八首、それに私歌集『山家集』には一五五二首が収められてゐる。

『新古今集』は、後鳥羽院の深い御叡慮によつて撰集せられたものであるが、王朝文化への思慕を含みつつも、平氏が滅び、源氏が台頭する、古代から中世への過渡的な時代を生きぬいて行つた人々の一種言ひがたい悲しみが、『新古今集』の「花やかな中の寂しさ」に反映されてゐると言つてよい。

道の邊に清水流るゝ柳蔭しばしとてこそ立ちどまりつれ

西行法師

『新古今和歌集』巻第三・夏歌所収（二六二）。別に解釈の要はなからう。下句には「しばらくと思つて休んだのに、涼しさに思はずながくなつた」といふ意がこめられてゐる。

この歌について松尾芭蕉は『奥の細道』の中で、「清水流るゝの柳は、蘆野《あしの》の里にありて、田の畔《くろ》に残る。此の所の郡守戸部某《ぐんしゅこべなにがし》の、此の柳みせばやなど、折々にの給ひ聞こえ給ふて、いづくのほどにやと思ひしを、今日此の柳のかげにこそ立ちより侍《はべ》りつれ。」と記し、「田一枚植ゑて立ち去る柳かな」と一句を詠み、西行への、この歌についての感慨尽きぬ思ひを述べてゐる。「田一枚植ゑて」には「暫らく休んでみる積もりであつたが、早乙女たちが田一枚植ゑてしまふ間を、われを忘れてなつかしんでゐた」といふ思ひが叙されてゐるのである。

さて先師平泉先生は短篇集『山彦』の中の「都電」と題する一文で、都電がゆつたりと町を走る様を取り上げられて、「そこには生命をすりへらすやうな急ぎは無く……他人を押しのけ突き飛ばしても自分だけは先に出ようとする恐るべき競争や排擠《はいせい》が無い」と述べ、「ゆつたりと実生活の層の厚さ、人さまざまの運命に就いて、しづかに観察し思索する余裕を持つ」と指摘されて、実は西行のこの歌を提示し、「水清き柳かげは何處《どこ》でも必要なのだ。」と説かれてゐる。言外に深い情趣をたたへる、「幽玄」さを持つこの歌、西行の心事を伝へて妙である。

山はさけ海はあせなむ世なりとも君にふた心わがあらめやも

源《みなもとの》　実《さね》朝《とも》

『金槐和歌集』、即ち鎌倉三代将軍実朝の私歌集所収の歌である。「山はさけて崩れ落ち、海水が涸《か》れてしまふやうな世であらうとも―たとひどんなことが起らうとも―わが大君にわたしは二心を持ちませうや、持ちはしませぬ」といふ意。「太上天皇御書下預時歌」の詞書により詠んだ三首の中の一首。太上天皇即ち後鳥羽上皇の下し給ふた御書《みふみ》を拝しての作であるが、この歌の真意を理解するには歴史的事情を知らねばならない。その事については先師・平泉澄先生の御著『三続父祖の足跡』―一四五頁より一八八頁に及ぶ詳論をお読みいただくことを願ふ他はない。さて明治の新時代を迎へ、和歌の改革を志した正岡子規は、『歌よみに与ふる書』の冒頭で「実朝」を取り上げ、「万葉以来の大歌人」として賞揚し、「実朝の歌は只器用といふのではなく力量あり見識あり威勢あり時流に染まず世間に媚びざる処、例の物數《ものずき》寄連中や死に歌よみの公卿達と迚《とて》も同日には論じ難く、人間として立派な見識のある人間ならでは実朝の歌の如き力ある歌は詠みいでられまじく候」と述べてゐる。実朝は当世の新古今から古今へ、更に万葉へと逆上《さかのぼ》り、歌風を消化し、堂々たる万葉風の歌をものした。例へば「大海の磯もとどろに寄する波われて砕《くだ》けて裂《さ》けて散るかも」「箱根路をわが越えくれば伊豆の海や沖の小島に波の寄る見ゆ」の如き、万葉人に伍し、更に万葉を凌ぐ剛壮の風ありと云つてよい。歌は為人《ひととなり》と共にあるといふべきか。

時によりすぐれば民のなげきなり八大龍王雨やめたまへ

源《みなもとの》実《さね》朝《とも》

鎌倉三代将軍実朝の私歌集『金槐和歌集』の最後に収められてゐる歌である。「建暦元年七月洪水天を漫《ひた》す、土民愁嘆《うれひなげ》きせむ事を思ひて一人本尊に向ひ奉りて聊《いささか》念を致す」として詠んだもの。龍王は俗に雨をつかさどるものと考へられてゐた。正岡子規は『八たび歌よみに与ふる書』の中で「恐らくは世人の好まざる所と存候へどもこは生の好きで〳〵たまらぬ歌に御座候」と述べ、「此の如《かく》く勢強き恐ろしき歌はまたと有之間敷、八大龍王を叱咤《しった》する処龍王も慴伏《せふふく》致すべき勢相現《あらは》れ申候。八大龍王と八字の漢語を用ゐたる処、雨やめたまへと四三の調《てう》を用ゐたる処、皆此歌の勢を強めたる所にて候。初三句は拙《つたな》き句なれども、其一直線に言ひ下して拙き処、却《かへつ》て其真率《しんそつ》偽《いつは》りなきを示して祈晴《きせい》の歌などには最も適当致居候。」と説いてゐる。なほ「実朝は固《もと》より善き歌作らんとて之を作りしにもあらざるべく只々真心より詠み出でたらんがなかなかに善き歌とは相成り候ひしやらん」と述べてゐる。正岡子規が讃仰した幕末の勤皇歌人橘曙覧に「偽《いつは》りの巧《たく》みをいふなまことだにさぐれば歌はやすからんもの」といふ歌がある。実朝の歌にみるものは、まさしく偽りの巧みを退けた人間としての誠実さ、詠はずには居られない切実な思ひである。二十八歳の若さで果てた。

君のため世のため何か惜しからむ捨ててかひある命なりせば

宗良親王

『新葉和歌集』所収の御歌。本歌集は、吉野朝五十七年その間約五十年にわたり、露に臥し霜に起き、波にも漂ひ、山にも隠れ、事志と違ひながらも行末に望みをかけて、粉骨砕身王事に奉仕され給ふた、この御歌の作者である宗良親王が撰集せられたものである。後醍醐天皇、後村上天皇、長慶天皇の御三方の御製をはじめとして側近に奉仕した諸々の人たちが、慷慨の気にみち、流離の難に処して詠じた歌千四百二十首が収録されてゐる。こゝに掲げた御歌は忠誠の一念の燃焼したまふ親王の至純な思ひを詠じられたもので、この御歌は昼夜をわかたず忠勤をはげむ人々への激励の御歌でもあつた。「思ひきや手も触れざりし梓弓おきふし我身馴れむものとは」、同様宗良親王の御歌であるが、「君がためわが執り来つる梓弓もとの都にかへさざらめや」（四条隆俊）、「思ひきや三代に仕へし吉野山雲井の花に猶馴れむとは」（大納言光有）の歌など、吉野朝五十七年の歴史のもつ真実を伝へてまことに悲痛である。けだしこの歴史こそは明治維新を導き出す原動力であつた。しかも苦難の中にあつても風雅の心を忘れることのなかつた方々によつて詠ひあげられた『新葉和歌集』を彩る歌は先哲志士の魂を純化せずには置かなかつたのである。先の大戦中、こゝに掲げるこの御歌は心ある人々によつて愛誦され、志をはげますものとして、しかと受けとめられたのであつた。歴史の真実を背負つた歌は時空を超えて人の魂を動かすものであらうか。

身の憂さはさもあらばあれ治まれる世を見むまでの命ともがな

北畠親房

『李花集』所収の歌。『李花集』は宗良親王の御詠八九八首のほか北畠親房卿などの歌一九一首を収める宗良親王の「私歌集」である。延元二年（一三三七）の頃から東国を転戦せられた時の詠歌を収録されたもので、最も新しい歌は建徳二年（一三七一）に及んでゐる。親王が撰集せられ准勅撰集に位置せられた『新葉和歌集』と共に吉野朝五十七年の歴史に生きられた方々の至誠の衷情を伝へるものである。ここに掲げた歌は北畠親房卿晩年の所懐。「我が一身の苦難辛酸はものの数ではない。願くばこの息のある間に道義にみちた秩序ある世の回復を期したいものである」との意である。自ら天下の重きに任じ、一身に重責を痛感してやまなかつた親房卿の烈々たる思ひの脈うつ歌である。時に勤皇の諸将前後に歿し、老来悲愁いよいよ深きを加へる身にこの悲願の益々固かつた親房卿の心境、常人の測り知ることではないにしても、惻々として胸迫るものを覚えさせられるではないか。親房卿が小田の孤城にあつて『神皇正統記』をものし、皇国の道義を明らかにし、君民のあるべきやうを説示してやまなかつた事は周知のことであらうが、我が国の尊厳なる国柄はその道理に感涙した人々の至純なる忠誠心によつて護持されてきたのである。

思ふにこの歌、「天下の風教を維持し、国家の柱石を以て自ら任ずる者、一言にしていへば志を君国に存する者」の等しく仰いで己が指針とすべきものであらう。

ふみわけよ大和《やまと》にはあらぬ唐鳥《からどり》の跡を見るのみ人の道かは

荷《か》田《だの》春満《あずままろ》

家集『春葉集』に「書」と題して所載の歌。この一首「よくわきまへてふみ行へ。日本とは本質的に異なつてゐる中国古典を研究するばかりが日本人の真の道であらうか、決してさうではないのだ」といふ意である。「ふみわけよ」と「鳥の跡」とは縁語の関係にあり、「唐鳥の跡」とは漢字のこと、ここでは中国の書物の意として用ひられてゐる。

徳川幕府は儒教即ち朱子学を以て御用学問とした。従つて中国を中華文明の国として礼讃する風が瀰漫した。さうした流れの中でわが国の古典を研究する学問、いはゆる国学が生れた。荷田春満こそは国学興隆の原動力となつた人であつた。

この一首は外尊内卑の思想に対しての厳しい批判をふくんだ歌であり、国学の始祖と呼ばれる春満の面目が遺憾なく発揮されたものといつてよいだらう。

古典の研究を通して我が国固有の道を明らかにすることを究極の目的とした国学が、明治維新を導き出す精神的風土を形成する上に大きな役割を果たしたことは多言を要すまい。

外尊内卑の思想は今日殊に日本国を覆ひ、自主独立の風を見ることが出来ない。この一首、今日の我々のあるべきやうを教示するものとして受け止めるべきであらう。

信濃なるすがの荒野をとぶ鷲のつばさもたわに吹く嵐かな

賀茂真淵

『賀茂翁歌集』所収の歌。真淵は荷田春満に師事し古典・古語を修め、四十二歳江戸に出て国学者として立つた。特に古道を明らかにするための万葉研究に心を用ひた。『万葉集』の性格を一言にして言ふに「ますらをぶり」の言葉をもつてし、自らも万葉風の歌を詠んだ。この一首はまさしく「ますらをぶり」を発揮した歌といつてよい。「信濃の菅草ばかりの殺風景な野の空を、猛々《たけ》しくとぶ鷲の強靭な翼もしなふほどに吹きまくる嵐よ」といふ意。豪快壮大。猛烈な山風を切つてとぶ鷲の姿はすさまじく、鋭いまなざしまで見えるやうであり、特に一直線に詠みくだした点に強い感動を呼ばずには置かないものがある。

ところで戦中に「愛国百人一首」が編まれた折、その中の一首に、真淵の「大御田《おほみた》のみなわも泥《ひぢ》もかきたれてとるや早苗《さなへ》は我が君の為」の歌が採られた。「大御田に脛深く踏み入れ、両肘から水や泥が垂れるのを物ともせず、懸命に苗の植つけをする、あゝ我が大君のために」といふ意である。「大御田」は我が大君のしろしめす国の田畑と広義に解するを可とするか。この歌は古道を研究した真淵が「君民信愛」の我が国の国風に感じ入つて詠じたものに他ならない。先に指摘した「ますらをぶり」について真淵は、「高きなかにみやびがあり、なほき中にをゝしき心があるもの」と説いてゐるが、この歌もまた「ますらをぶり」の歌と言つてよいだらう。おほらかにして清々《すが》しい歌である。

さし出づる此の日の本の光より高麗《こま》もろこしも春を知るらむ

本居宣長

自撰歌所出の歌。天明七年（一七八七）「年の始めに詠める」の詞書のもとに詠まれたもの、五十八歳の時の作である。宣長は明和元年（一七六四）三十五歳にして『古事記』の研究に着手し、三十五年の歳月を費やして『古事記伝』四十八巻を完成、先師賀茂真淵によつて唱道されたわが国古典研究の学「国学」を確立した。『古事記』は漢意・仏意の影響をうけない純粋な日本の精神が宿る神典であり、これを研究することによつて古道を体得しうるといふ信念にたつての文化的総合研究の書が『古事記伝』に他ならない。この歌はさうした学問研究を通しての宣長の確信によつておのづからに詠ひ出されたものである。「さし出づる此の日の本」とは輝き昇る太陽の光を我が国名に懸けたのである。「春を知るらむ」の「春」は単なる春ではなく、平和とか民福とかいふ、うらうらとした万象を意味する。この一首は「光ある国日本」を讃へ、その進運を祈願してやまない真情の横溢する絶唱といつてよいだらう。

さて宣長と言へば「しきしまの大和ごころを人問はば朝日に匂ふ山ざくら花」の歌が口をついて出るが、これらの歌、卑屈退嬰の風の瀰漫《びまん》する今日こそ、改めて玩味さるべきであらう。

天の原照る日に近き富士の嶺《ね》に今も神代《かみよ》の雪は残れり

加《か》藤《とう》枝《え》直《なほ》

「富士をよめる」と題して詠んだ私歌集の中の一首である。「天の原照る日に近き」とは言ひ得て妙であるが、この一句には万葉歌人山部赤人が「不盡《ふじ》を望める歌」(巻三・三一七)の冒頭で、「天地の分れし時ゆ神さびて高く貴き」と詠じたものと同様の感動が籠められてゐると言つてよく、「神代の雪は残れり」には神話と連続する我が国の国柄をそのことの中に感じ取つたものと言つてよいであらう。

加藤枝直《えなほ》は伊勢の人で、江戸に出て、町奉行大岡越前守忠相《ただすけ》配下の与力《よりき》であつた。賀茂真淵が江戸で古学を講じた時、その説が新奇であつて世間の疑惑を生じたので奉行は枝直に命じ、真淵に会つて、その説を聴かしめた。枝直はこれを聴き、ことごとく感服、心服、直ちに真淵の門人となり、ついで其の子の千蔭《ちかげ》をも入門させるといふ純情を備へた人物であつた。

実は先師平泉澄博士の御著『父祖の足跡』の第二十五「橘曙覧」の章の中で、枝直を取り上げられて、以上の事情を詳論されてゐるが、この歌に就いて先師は、「我が国、山水の秀麗にして、歴史の悠久なる、天恵の豊かにして、気候の偏せざる、人心の素直にして、信仰の敬虔《けいけん》なる、悉く此の一首に包含せられてゐると云つてよい。」と述べられてゐる。

賀茂真淵は『万葉集』を主眼にして古代研究に心を用ひたが、その門に学んだ枝直のこの歌は、まさしく『万葉集』の素朴雄勁《ゆうけい》な歌風を継承したものと言つてよいだらう。

思ふこと一つも神に務めをへず今日やまかるかあたら此の世を

平田篤胤《あつたね》

私歌集『氣吹舎歌集《いぶきのや》』所載の歌。天保十四年(一八四三)六十八歳で歿、この一首は辞世の歌である。篤胤は国学四大人の一人であるが、二十六歳本居宣長の著書を見てその学徳を慕ひ、古学研究を志し、四十六歳の時に本居大平・春庭にあひ、宣長歿後の門人として世に立つた。篤胤は信念究理の人で、儒仏に対して厳しい批判を持ち、その著『大扶桑国考』―わが国の国号について論じたもの―、幕府に忌避されて絶板となつた。但し所論は勤皇の志士に歓迎されて、明治維新への道をひらく原動力となつた。著書に『古史徴』『古道大意』などがあり、わが国の学問の上に遺した業績は大である。

「思ふこと一つも神に努めをへず」の句には、篤胤の学問への志向が如何に純粋であつたかを示して余りがある。六十余年の生涯は一瞬の如く感じられる緊張したそれこそ充実した悔いのない生活であつたに違ひない。それでもなほ死にのぞんで「あたら此の世を」といのちを惜しんだ心情、即ち道への奉仕を最期の最期まで念じてやまなかつた篤胤の至誠、感嘆を久しくせざるを得ないではないか。

宣長学統の正系を継ぐものは自分であると自任した篤胤の熱情と信念は人々をひきつけ、門人の多いこと本居家をしのぐほどであつたといふ。処で歌は生の営みをささへ、それを浄化してやまないものである。篤胤辞世のこの歌、絶妙といふより外にない。

大君の宮敷《みやし》きましし橿原《かしはら》のうねびの山の古《いにしへ》おもほゆ

鹿《か》持《もち》雅《まさ》澄《ずみ》

鹿持雅澄は土佐藩の下級武士として生を営んだが、その生活は赤貧洗ふが如くであつたといふ。それにも拘らず学問への志向篤く、ほとんど独学で古典の研究に精魂を傾け、万葉研究史上不朽の大著『万葉集古義』百四十一冊を大成した。それらの研究の成果は、万葉の研究の上に偉大な業績をあげた僧契仲、賀茂真淵の研究を承けて近世の万葉研究を集大成したものとして高い評価を得てゐるのである。安政五年（一八五八）六十八歳で歿した。

この歌は『万葉集』の雄々しく力強い歌風に学んだ雅澄が二十歳の折に詠じたものであるが、人代第一代の天皇にましまます神武天皇が橿原の地に都を定め給ひ、国家建設の大業に御尽瘁《ごじんすひ》せられ給ふた往時をお偲び申し上げた歌であることは一読して明らかであらう。

歌聖柿本人麻呂は「近江の旧都を過ぐる時の歌」の冒頭で、「玉だすき畝傍《うねび》の山の橿原のひじりの御代ゆ生れましし神のことごと…」と叙し、神武天皇をはじめ奉り一系の天皇が統治せらるる我が国の国柄について荘重に高らかに歌ひあげてゐるが、建国の往時を偲ぶ雅澄翁のこの歌は、万葉人の心をそのままに継承したもの、おほらかさ、のびやかさにみちて、何と清純な歌であることか。

われを我としろしめすかやすべらぎの玉の御声のかかるうれしさ

高山彦九郎

寛政三年（一七九一）・四十五歳の作。此の春、彦九郎は「文治の瑞兆」とされてゐる緑毛亀を入手し得てそれを天覧に供し奉つた。この時、忝《かたじけな》くも光格天皇の龍顔を拝する栄に浴した。右の一首は「この名も無い一介の草莽の微臣われをも、彦九郎と御存知下されて、一天萬乗の大君より、玉の御声をいただいた。何といふ有難さ、忝さであらうか」といふ意であり、ありのままの感激をそのままに詠ひ上げた至純忠君の歌である。彦九郎は徳川政権のもと皇室の式微を憂ひ、王業の挽回を心深く期した人であつた。東西を旅し志ある人を訪ねたのもその志に出づるものであつたし、まさしく明治維新の先駆者的な役割を自ら荷つた人であつた。明治二年十二月、かしこくも太政官をして、「草莽一介之身ヲ以テ　勤王之大義ヲ唱へ　天下ヲ跋渉シ有志ノ徒ヲ鼓舞ス　世ノ罔極ニ遭ヒ　自刃シテ死ス　其風ヲ聞テ　興起スル者不レ少　其氣節深ク　御追賞被レ為レ在レ依之里門ニ旌表シ　子孫へ三人扶持　下賜候事」との御沙汰書を以て誠忠をよみし給ふたのであつた。なほ明治七年十月二十三日、宮中にて、御月次会《おんつきなみくわい》の折、「高山正之」（本名）を御兼題にて、皇后宮には「ながらへていま世にあらば高山のたかきいさをを立てましものを」とお詠みあそばされた。

日本の歌は心の通ひ路、特に君と民との間を深く結んでやまないもの、我が国文化の精華といはねばならない。彦九郎大人のこの歌、汚れなき日本人の心を伝へるものか。

ひとあゆみ歩めばあゆむたびごとにみさとへ近くなるがうれしさ

佐久良東雄

弘化二年（一八四五）、「大御京に登る時に謡ひて曰く」と題した長歌の反歌である。時に三十五歳。一歩一歩とあこがれの天皇います都に近づく、仰へきれない喜びが、何の修飾もなく、真情の流露するままに詠はれてゐる。喜びにみちあふれる姿が眼前に浮かぶのを覚えさせずに置かない。

佐久良東雄は常陸国（茨城県）新治郡浦須村の人、はじめ僧籍にあつたが天保十四年三十三歳の時、仏門を去り還俗して神道に身を寄せ、古典の学問と風雅への研鑽に心を用ひ、晩年は大阪の座摩神社の祝部として神明奉仕に従つた。桜田門外の変の折、関係者をかくまつたことで幕吏に捕へられ、江戸に檻送ののち伝馬町の獄に投ぜられて、自から五十歳をもつて獄中に歿した。

この歌をはじめ一千首に及ぶ遺詠は、わが国の歴史を貫いて清く美しく輝く一条の光、皇室の測り知れない御高恩に感応する歌にみちてゐる。「君がため朝霜ふみて行く道はたふとくうれしく悲しくありけり」の歌など、純粋に、謙虚に、畏れとつつしみの心をもつて道を仰ぐ人東雄大人の至誠を伝へ絶唱といはねばならない。「悲しくありけり」には乱脈を極める御代、たゞ只管に申訳けなく思ふ至純な心がこめられてゐる。日本人の鑑とされる所以か。

処で平成二年、御大典のめでたい年の十一月、水戸史学会によつて『新版佐久良東雄歌集』が発刊されたことを記して置きたい。

皇《きみ》をいはひ身をも祝ひてうれしきは今日のいくひのたる日なりけり

佐久良東雄

この歌は「元旦」と題してよまれたもので、「天皇のみいのちのいや栄えゐますことをお祝ひ申し上げ、御蔭をかうむつて平穏無事であるわが身をも祝つてうれしいのは、今日の生気にあふれ、何事もみち足りる日であることよ」といふ意である。この一首をほかに十余首の元旦を迎へての感慨を詠じた歌がうたはれてゐる。例へば「父母《ちゝはゝ》にまづたてまつれ老人《おいびと》の若がへるちふ今朝《けさ》の若水」、「かずならぬしづがふせやもしめはへて神代ながらの春はきにけり」、「とこやみを出でましにけむおもほえて日の大御影かしこかりけり」、「ことしげき昨日のくれは夢なれやはるにあけたるうみやまのいろ」、「朝日影豊栄のぼるひのもとのやまとの国の春のあけぼの」等々。何と感じの深く、すがすがしく、心あらたまる歌であることか。

思へば新春を迎へ、神々に感謝の心を捧げ、皇室のいや栄えますことを祈り、国への貢献を考へ、はらからの幸を願ふ心は、遠く古来より父祖たちがその胸にうけ伝へてこられた日本の心なのである。

東雄先生が古典の学問と風雅の道への研鑽をふまへて、幕末激動の時代に皇権の恢復のために生命《いのち》を捧げられたことは多言を要しないであらうが、これらの歌にこめられた思ひは「日本の歌」の道標として心にとめらるべきであらう。

吹く風の目にこそ見えぬ神々は此の天地《あめつち》にかむづまります

橘《たちばな》　曙《あけ》覧《み》

橘曙覧は福井の人で、近代短歌の道を拓いた正岡子規を感嘆させずには置かなかった幕末における勤皇歌人。直接に教を受ける機会にはめぐまれなかったが本居宣長に私淑した。「おくれても生れしわれか同じ世にあらば沓《くつ》をも取らまし翁《おきな》に」とは、宣長への思慕切なることを詠じた歌に他ならない。曙覧には「たのしみは」を初句とする五十余首に及ぶ「独楽吟」と題する歌がある。周知の事であらう。「たのしみはあき米櫃《こめびつ》に米いでき今一月はよしといふ時」、「たのしみはまれに魚煮て児等皆がうましうましといひて食ふ時」。「たのしみは戎夷《えみし》よろこぶ世の中に皇国《みくに》忘れぬ人を見る時」など。子規はこれらの歌を通して、曙覧清貧の境涯に居て淡々としていささかも心を乱さず、貧に遊んで悠揚迫らない生活態度に讃嘆を惜まなかった。さてここに揚げた歌について先師・平泉澄先生は「『かむづまり』は、『留り居ます』といふ意味であるから、肉眼俗情を以ては、是が神だとは見えない事、丁度風と同様であって、風そのものは見えないけれども、風のある事は確実であると同じく、神の姿を見る事こそ出来ないものの、神々は天地の間いたるところに留まり居ますのであるといふ」のであると述べられた（『父祖の足跡』三五八頁）。清貧に遊び、風雅の道に従ひ、憂国の情もだしがたく生きた曙覧は、神を仰ぎ、神に仕へ、神の道を行くところの公明正大な生活に終始した。「仙人の如き子供の如き神の如き」と評される歌はそこから生まれた。

身はたとひ武蔵の野辺に朽ちぬとも留め置かまし大和魂

吉田松陰

『留魂録』の冒頭に掲げられてゐる辞世の歌である。松陰は安政六年十月二十七日、行年三十歳で小塚原の露と消えた。『留魂録』は刑死の前日に書きとどめられた遺書。文末には五首の歌が書き添へられてゐるが、いづれも胸迫るもの、感涙を呼ばずには置かない。ところでこの歌は、戦陣にあつて死に直面した人々が辞世の歌の範としたもの、多くの類歌が残されてゐる。例えば日露戦争では、「身はたとへ旅順の海に果つるとも留め置かまし大和魂」、「よしや身は旅順の露と消ゆるとも大和武夫の名は残すべし」等々、多くの類歌をかぞへることが出来る。また先の大戦、大東亜戦争でも、沖縄の海軍根拠地司令官であつた太田実少将の「身はたとへ沖縄の辺に朽つるとも守り遂ぐべし大和島根は」の歌をはじめ数多くの類歌が特に若い勇士たちによつて詠じられてゐる。

紀貫之はわが国の歌論の嚆矢とされる『古今和歌集』の序文で和歌のもつ効果として「ちからをもいれずして、あめつちをうごかし、めにみえぬおに神をもあはれとおもはせ、をとこをむなのなかをもやはらげ、たけきもののふの心をもなぐさむるはうたなり」と論じた。

思ふに松陰先生のこの一首、「ちからをもいれずして、あめつちをうごかし」、「たけきもののふの心をもなぐさむるもの」であり、時間・空間を超えて日本人の生死をささへてきた歌、まさに絶唱といはねばならない。

君が代を思ふ心のひとすぢに吾が身ありとはおもはざりけり

梅《うめ》田《だ》雲《うん》濱《ぴん》

梅田源次郎、初め義質、後に定明と改む。雲濱と号した。若狭国《わかさのくに》小浜藩士。安政五年九月七日、安政大獄最初の逮捕者となつた。それほどに雲濱は幕府にとつて恐るべき存在であつた。「悪謀四天王」の一人にあげられてゐた。安政六年九月十四日、病を以て獄中に歿した。時に四十四歳であつた。

この歌は獄中で、しかも病と闘ふ中で詠んだものである。雲濱は崎門学派の俊才若林強齋が開いた私塾「望楠軒」の最後の講主をつとめたが、望楠軒とは建武中興の忠臣楠木正成公を敬仰してやまない思ひをもつてつけられた名であり、この歌の背景には楠木正成公の至純なる忠誠心に感応する思ひが秘められてゐると言つてよいであらう。換言すれば「みたみわれ生けるしるしあり」といふ我が国の道義への覚醒がこの歌を生んだものと言つてよいのである。

雲濱には「妻は病床に臥し児は飢に泣く　挺身直ちに戎夷を拂はんと欲す　今朝の死別生別を兼ぬ　唯皇天皇土の知る有り」といふ詩がある。安政元年九月、大阪湾にロシア軍艦が侵入したのを聞き、撃攘を期して京都を出発せんとするに際して賦したものである。世に有名なものであるが、雲濱の志操を理解する上に、ここに掲げた歌ともどもに朗唱玩味さるべきものである。雲濱は水戸の碩学藤田東湖、越前の俊傑橋本景岳その他天下有為の人物と交りを深くし、尊皇攘夷を唱へ、身を以て維新史の一頁を書かれたのであつた。

君が代はいはほと共に動かねばくだけてかへれ沖つ白波

伴林光平

光平は河内国（大阪府）南河内郡の人で、文化十年（一八一三）九月九日、真宗の寺に生まれた。青年時代深く仏教を究めた。後国学を学び、学問が進むに従ひ、僧籍にあることの矛盾を痛感し、還俗して国学者、歌人として活躍した。

文久三年（一八六三）八月、攘夷親征の詔が仰せ出されたのを機に決起した天誅組の義挙に参画、八月十八日の政変により義挙は挫折、捕はれの身となり、文久四年（一八六四）二月十六日、十九士と共に京都西之土手に於いて処刑せられた。時に五十二歳であつた。

この歌は光平が辞世として示したものである。歌自体は以前に詠まれたものであつた。この歌について、「個人の信念の悲歌でなくして、萬有に亙る祈りの歌である」といふ見解があるが、この一首に託した光平の祈りはまさしく時空を超えてわれわれの胸を打つではないか。「沖つ白波」とは来寇する異国の船の暗喩。「君が代はいはほと共に動かぬ」といふ点に歌の眼目があることは言ふまでもない。光平は歌について「記紀万葉集の古歌を誦み習ひ、皇国固有の真情を身に蓄へ、真情をもて歌の宗致と定め、其を目標として勤め学ぶべきものぞ」と述べ、「実情、実景、実事」を主題とすべきことを強調してゐる。遺詠凡そ四千首、特に獄中で義挙の顛末を記した『南山踏雲録』は文中に織りなす歌の数々と共に、文人であり志士であつた光平翁の悲懐を伝へ、感涙を覚えさせずには置かない。

御廷邊《みかどべ》に死すべきいのちながらへて帰る旅路のいきどほろしも

有馬親七

薩摩の人で名を正義と称した。少壮にして江戸に出て山崎闇斎先生の門流山口菅山に師事し、年来の学問に更なる深みを加へた。正義は薩摩勤皇派の重鎮として常に同志の先頭に立つて活躍した。惜しむべし、文久二年四月二十三日寺田屋の変に際会し壮烈な最期を遂げた。時に三十八歳であつた。

この歌はそれより四年前の安政五年三十四歳の時の作。この年の九月安政の大獄が起り、有為の人物数をなして難に遭ひ、これを見た正義は憂憤禁じがたく京に老中間部詮勝を討たんとしたが果さず、その後藩主忠義によつて薩摩への帰国を命ぜられた。同志の遭難を目前に見ながら御門辺に死すことを念じてゐた身を生きながらへて空しく帰国の旅路につかねばならなかつた胸中を、即ち為す術のない自分自身のあはれな立場に言ひやうもない悲嘆を感じて詠じたのがこの歌に他ならない。「いきどほろしも」の一語には身の捨てどころを失つた嘆きが、忠死を念とする者の至誠に発する思ひがこもつてをり、さながら正義の面貌を想はしめるものがある。

正義は室鳩巣の『駿台雑話』の中に楠公を誹謗する文言を見て大いに憤慨し一文を草して痛烈に之を反駁してやまなかつた。十九歳の頃であつたといふ。既に十五歳にして崎門の学に依つて魂を鍛錬した正義は、楠公を人生の最高の師表として生きた。この歌に見る正義先生の思ひはそこに発するものと言つてよく、歌は『万葉集』に学んだ。

君が代の安けかりせばかねてより身は花守となりけむものを

平野國臣《くにおみ》

平野國臣は福岡藩の人。國臣が「酔生夢死の生活に袂を分ち、国史の荷担者としての、換言すれば純正日本人としての多難にして光輝ある第一歩を踏み出した」のは嘉永四年、二十四歳の時であつた。國臣はそれより五、六年にわたり国史への沈潜、学習に心を用ひた。国家の大事を荷ふためには学問によつて自己の足場を確立することが必須の条件であることを心得てのことであつた。國臣が国事に奔走したのは約十年間、波瀾万丈の生活に終始。文久三年十月、但馬生野の義挙に敗れて捕はれの身となり京都六角の獄に投獄されたが、年あけて元治元年七月二十日、無惨にも処刑にあひ、三十七歳の生涯を終へた。獄中に在つて、明日知れぬ死を前にして國臣は、同囚に対して北畠親房卿著『神皇正統記』を講じ大義の存するところを説いてやまなかつたといふ。烈々にして淡々たる膽度、感嘆を久しうせざるを得ないではないか。國臣は志士にして歌人であつた。事に寄せて詠じた歌は流麗、いづれも念君憂国の至誠を内につつみ、口誦する者の心を清浄ならしめずには置かない風韻がある。こゝに掲げた歌はその中の一首、「君が代」の安らかであることを念じてやまない至純なる思ひが脈打つ歌である。思ふに「君が代」が安らかであるとき、即ち我が国の道義道徳が世に明らかであるとき、おのづからにして我が国は安泰であり得るのである。國臣先生の思ひに深く心を寄せたいものである。

いざ子ども馬に鞍《くら》置け九重《ここのへ》のみはしの桜散らぬそのまに

宮部鼎《てい》蔵《ぞう》

宮部鼎蔵は熊本の藩士・山深い村里の医家の四代目の嫡男として生れた。はじめ熊本に出て医学を修め、後に兵学に転じ、嘉永三年（一八五〇）九月兵学師範を仰せつけられた。実はこの年の十二月十一日、西遊の帰路熊本を訪れた吉田松陰と邂逅した。明けて嘉永四年六月にはたまたま江戸遊学中の二人は相伴つて相州・房州の沿岸を踏査、同年十二月には東北遊歴の旅に行を共にし、途次佐渡に渡り順徳天皇の御陵を拝し恐懼涕涙し共に詩を賦し決意するところ述べ誓ひを共にした。爾来二人は山鹿流兵学を修める者として交誼を重ねた。安政元年三月松陰の下田踏海に際しては自重を進めたが、その決意の堅固なるに感じた鼎蔵は、松陰の記すところに依れば「佩ぶる所の刀を脱し、強ひて予が刀と替ふ、又神鏡一面を贈る。歌一首を口遊んで曰く『皇神《すめかみ》の真《まこと》の道を畏《かしこ》みて思ひつつ行け思ひつつ行け』」として行を壮《さかんに》してやまなかつたといふ。鼎蔵は十歳ほど年長であつた。ここに掲げた歌は文久二年（一八六二）歳旦の朝、討幕の義挙に参ずべく上洛を決意し遺詠として詠んだもの。「いざ子ども」の句は万葉に三例ほどあるが「親愛なる皆の者よ」といふ程の意。若い同志への呼びかけと考へてよい。なほこの歌は孝明天皇の御製「ほことりてまもれ宮人ここのへのみはしのさくら風そよぐなり」に感涙し和し奉つたものである。惜しむべし元治元年（一八六四）六月五日、池田屋の変に斃れた。四十五歳であつた。

世の中の事し思へば君の身の過ぎにしことの悲しきろかも

久《く》坂《さか》玄《げん》瑞《ずい》

長州藩士、萩の人。通称義助。安政三年、十七歳にして吉田松陰の門に入つた。明けて四年十二月には松陰の妹美和と結婚した。松陰が妹に贈つた「玄瑞は、年少第一流人物、因亦天下之英才矣哉」の言葉は如何に松陰が玄瑞に期待するところが大きかつたかを伺はせるものと言つてよいだらう。玄瑞は期待に反せず松陰刑死の後、松下村塾の中心としてその任を背負ひ、また松陰の理想を継述し、その実現に邁進した。文久二年八月二日藩主に建言した『廻瀾條議《くわいらんでうぎ》』、更に八月二十八日建言の『解腕《かいわん》痴言《ちげん》』の書は長州藩をして尊攘の道を歩ませる力となつたのであつて、玄瑞が維新の礎石を確立する上に果した功績は極めて大きい。もとより玄瑞にとり尊攘は理論の問題ではなく、実践の問題であつた。尊攘の実践に踏み出した玄瑞は元治元年七月十九日、禁門の変で華と散つた。時に二十五歳。

ところでこの歌は「吉田大人の事を思ひつづけて」の詞書《ことばがき》のもとに詠んだもの。日々艱難を極める国家の多事を思ふにつけ、松陰先生にして存命であればと切実に思ふ心の脈打つ歌であり、末尾の「悲しきろかも」の言葉には難局に立ち向ふ者のみの感得しうる深淵で悲壮な思ひが底籠つてゐる。道義のために、国のために生きる者の悲しみに他ならない。玄瑞には万葉風を基調とする数々の歌があるが、維新の志士中第一級の歌人との評がある。歌は志を純化し、高め、堅固ならしめるもの。この一首朗唱玩味したいものである。

大山のみねの岩ねに埋にけりわがとしつきの大和魂

真木《まき》和泉守《いづみのかみ》保臣《やすおみ》（五十二歳歿）

筑後久留米の水天宮祠官。幼名は湊、紫灘と号した。和泉守は幕末に在つて維新回天の業に主動的な役割を果した。幕末の廟堂は和泉守の主張によつて動き、多くの志士達は、和泉守の意見に従つて活躍した。「真木和泉守正論有志抜群…衆人帰服」とは中山忠能卿の日記の中に見る言葉であるが、その間の実情を語るものと言つてよいであらう。和泉守はまさしく幕末史廻転の軸に位置されてゐたのである。

この歌は、元治元年七月十九日、禁門の変に敗れ、同二十一日京都天王山において壮絶な自決を遂げた和泉守がその前日にしたためた辞世の歌である。討幕・王政復古の悲願のもと敢て戦ひに臨むに先立つて、和泉守は年来の同志木村三郎に宛てた書状の中で「必死の地に陥り候て綽々《しゃくしゃく》仕り候様相覚え申候、大日本史恐しく候間、此の節は見事戦死のつもりに御座候」と記してゐるが、「勅諚」なくして挙兵せざるを得ない立場に到つた和泉守は、この時、事の成否に拘らず、心中深く死を決してゐたのである。この歌はいささかの動揺も悲壮さや壮烈さもない。事を成した後の一種の安らぎとでもいふべきものが静かに而《し》かも力強く脈博《う》つてゐる。「大和魂」と体言で止めた結句はこの一首に雄大な風格を与へて、維新回天の祈りを覚えさせずには置かないものがある。その著、明治維新の構想を記した『経緯愚説』は御一新後の施策に生かされた。楠木正成公を人生の道標とされた。

わがよとはつゆおもはねどきくの花ここのへにさくおほみよもがな

野村望東尼《のむらぼうとうに》

福岡藩の世臣浦野重右衛門勝幸の三女として生れた。藩士野村新三郎貞貫の後妻として嫁し、弘化二年夫貞貫と共に福岡市郊外（現在市内）の平尾に山荘をいとなみ、風月を友とする隠棲の生活に入り、安政六年七月貞貫歿しその後参禅受戒、松月院望東尼と称した。時に五十四歳。慶応三年十一月六日、異郷の地山口の三田尻で客死した。六十二歳。その間約十年、藩内外の尊王派の人々の後楯《うしろだて》として至誠一路の生活に終始した。この歌は慶応元年九月九日、菊の節句に当つて詠んだもの。名実ともに「天皇しろしめす大御代と一日も早くなつてほしい」との祈念をこめた歌であり、この至誠こそは老尼の純一無雑のこころ、不退転の生活を生んだのであつた。慶応元年六月福岡藩は「乙丑の大獄」を強行、尊王派の人々をあげて切腹、斬罪、遠島の極刑に処したが老尼も閉門謹慎、続いて玄海の孤島姫島に流謫《るたく》された。「すみそむるひとやの枕のうちつけにさけぶばかりの波のこゑかな」「あらしふく夜半のつり舟思ひやればくらきひとやにぬるもものかは」。前者は十一月十五日、暗いひとやの中に老の身を横たへた日の歌。時は真冬、玄海の激浪の打ち寄せるところ身を切られる思ひを覚えさせ、後者は四日後「あまつり舟に寄せて」として詠んだもの、敗残流浪のおのが身よりもあまつり舟のあやふさに胸をいためる、何といふやさしい心延《こころばえ》であらう。以上三首、三百七十余首を含む歌日記『夢かぞへ』に収められる歌である。

後れても後れてもまた君たちに誓ひしことをわれ忘れめや

高《たか》杉《すぎ》晋《しん》作《さく》

晋作又は東行と名乗つた。吉田松陰先生の門下で久坂玄瑞と並んで松下村塾の双璧と称せられた。天保十年八月長州萩に生れ、安政四年十九歳にして松下村塾に入塾した。明けて安政五年四月には天下の情勢大いに動くを知り、一書を師松陰に送り、「是れ此の時日本の日本たらんとする日なり」として感激を吐露してやまなかつた。

やがて晋作は「攘夷の第一策は天下の人心を一にするに在り、天下の人心一なれば百万の醜虜《しうりょ》と雖ども、懼《おそ》るるに足らず、人心一ならざれば数十軍も亦懼るべし」と述べて、まづは長州藩の人心を一ならしめることに心を尽した。敢然として兵を挙げ、幕府の権力に恐れて恭順を旨とする俗論党を討ち、長州藩を討幕の義挙に転回せしめたが、この一挙こそ実に明治維新の成就を決定的たらしめるものであつた。

この歌は或は刑死に遭ひ、或は戦陣に斃れられた同志を弔らつた歌であり、晋作は、師松陰をはじめ国史の真実に覚醒し、自ら進んで維新回天の道に献身してやまれなかつた人々の後に続くことを誓つたのであり、至誠一路の思ひが躍動する歌といはねばならない。慶応三年四月十四日、まさしく「日本の日本たらんとする日」を目の前に見て、二十九歳をもつて病に斃れられたのであつた。

大君のためには何か惜しからむ薩摩の瀬戸に身は沈むとも

僧　月照

月照は京都清水寺の別院成就院の住職。公卿の間に出入りし尊皇攘夷のために奔走した。安政五年には水戸藩主斉昭に別勅を賜ふに当り、親交の深かつた近衛忠熙《ただひろ》の求めに応じてそのことのために尽力した。同年九月安政の大獄で梅田雲濱をはじめとして頼三樹三郎等が捕はるるに及び、月照また身辺危険となり、忠熙の計らひで西郷隆盛・有村俊斉に伴はれて西国へ逃れた。鹿児島に入つても幕府の追及甚だしく遂に西郷と相抱いて海に投じた。西郷は蘇生したが、月照は帰らぬ人となつた。安政五年十一月十五日、時に年四十六。この一首は投海直前に懐紙に認めて西郷に示したものである。

処で、孝明天皇におかせられては、米艦の来航にあたり「朝夕に民安かれと思ふ身の心にかかる外つ国の船」と詠じ給ひ、井伊直弼の独断による日米条約調印に際しては「清《すま》しえぬ水にわが身は沈むとも濁しはせじなよろづ国民《くにたみ》」と詠じられ、御一身を捨てて国民を救はむとの御思召しを垂れ給ふたのであつた。心ある維新の志士たちは、なべて天皇の大御心を奉じ行動の準則として活動したのである。

月照のこの一首には、道義に生きた者の死して悔ゆるところのない心の安らぎがこめられてゐる。至純な民の心に根ざす歌の典型といはねばならぬ。

思ふに歌は、人々に安心と喜悦と更には勇気を与へるものといふべきか。

大君のまけのまにまに一すぢに仕へまつらむいのち死ぬまで

三條実美

この歌は慶応三年作と推定される「述懐の歌ども」と詞書された二十首の中の一首。「天皇の御委任のままに、仰せのままに、他の何事も思はず、一途に御奉公申し上げよう、この一命の終るまで」といふ意である。「大君のまけのまにまに」の歌句は『万葉集』に多く見られるが、一気呵成に何のよどみもなく詠みあげる詠風と共に『万葉集』に学ぶところ深かつたことを示すものであらう。実美卿は孝明天皇の側近に仕へた右大臣三條實萬の四男で天保八年二月八日、京都梨木町で生誕。父上の志を継ぎ勤皇の一道に精励、大いに朝権の恢復に力を尽した。文久三年八月十八日の政変に依り大和行幸の御儀停止されるに及んで他卿と共に長州に奔り、やがて追はれて筑前太宰府の延寿王院に身を寄せ、凡そ五年間をこの地で過した。その間、例へば中岡慎太郎、大庭伝七、田中儀助（光顕）、土方楠左衛門（久元）、佐々木三四郎（高行）、西郷吉之助（隆盛）、大山弥助（巌）、村田新八、木戸準一郎（孝允）、江藤新平、伊藤俊輔（博文）、井上聞多（馨）など、挙げれば数を知らない天下の志士が来往、まさに明治維新の大業はこゝ、天満天神の社頭延寿王院の奥深き一室にこそ燃え上がつて行つたのである。この一首はその中心に位置された実美卿の純一無雑の淡々烈々たる至情を示すもの、維新の大業はかかる至純の忠誠心を軸に展開されたのである。歌集に『梨の片枝』があり、歌人としても当代公卿中第一等の方であつた。

のどかなる昔の風にかをらせて雲居のさくら見む春もがな

三條西季知《すえとも》

文久三年（一八六三）八月十八日の政変により尊攘派公卿のうち、三條実美ら七卿が長州藩兵と共に京都をはなれ、再起を期して長州へ奔り、やがてその中の五卿が九州太宰府に移つて、ここで皇政復古の日を迎へたことは周知の事であらう。三條西季知は五卿の中の一人であり、若くして勤皇の志厚く、国学に通じ、和歌の道を心得、明治維新後は和歌を以て明治天皇に侍した。明治十三年八月二十四日、年七十にして薨じた。この歌は、「折にふれて」と題しての詠であるが、維新前夜の暴風吹き荒ぶにも似た激変極りない渦中に身を置いて「希くは暴風一過して、古の御代の如く長閑でうららかな春風に咲き匂ふ禁庭の花を、皇室の安泰にわたらせ給ふ時を、仰ぎ見たいものである」との悲願を叙したものである。大宮人としての感慨が繊細に優雅に詠はれてゐるが、深く抑制された底ごもる思ひが憂愁として伝はつてくる感を禁じ得ないものがあるではないか。ところで次の歌は、明治天皇が明治元年九月二十日車駕を東京に進め給ひ、その道中にて供奉の人々に富士の歌をよむよう仰せ出でられた時、季知が奉つた歌である。

君よ君よくみそなはせ富士の嶺《ね》は国のしづめの山といふなり

宝算十七歳であらせられた新帝にお仕へした老臣季知の忠誠心のみつる歌である。思ふに歌は心を歴史に残すもの。時に歴史の組成にあづかるものと言ふべきか。

あとがき

『万葉集』と対面する機会に恵まれたのは還暦を迎へてからのことであった。それより既に十六年を経過したが、『万葉集』の世界は広大にして深遠であり、学習すべきことは際限なく多く、今日なほ山でいへば裾野を右往左往してゐる感を拭ひ去ることが出来ない。

実は高等学校で国語を担当してゐたことから福岡県護国神社で文化講座が開設されるに当り請はれて『万葉集』の講座を引受けることになつたが、月一回二時間の講義で、今日まで凡そ二百回、取り上げた歌の数は二千首を越えることであらう。なほ福岡市老人大学の依嘱で九年間、年二十回（二時間あて）の講義を年に二ヶ所、或は三ヶ所と受持つたことを加へると講義の回数は五百回にも及ぶことにならうか。

処で本書に掲載した七篇は、その講義の中で講じたものを文章化したものであることは「序にかへて」の中で触れたが、人麻呂、赤人、旅人、憶良、家持の五篇は平成二年から平成四年の間、学術研究機関である財団法人日本学協会発行の月刊誌「日本」に掲載されたものである。「大伴坂上郎女と風雅の遊び」は平成二年十一月必要があつて執筆したもの、「庶民生活の息吹き―東歌と防人歌―」は本書の上梓に当つて急ぎ脱稿したものである。

「日本の歌」は平成六年七月から平成十一年三月までの間、一首づつ解説寸評を加へて同様月刊誌「日本」に連載されたものに他ならない。

翻つて考へてみるに、「歌」はわが国文化の中枢に位置するものである。日本人たる者の心のありやうが美しく清らかに且は簡潔に表白される世界である。

特に『万葉集』には歴史と深くかかはつて生きた父祖たちの人の人たる生きやうがあるがままに鮮明にうたはれてをり、千数百年の時空を隔てながら、人生を真実に生きた人々の嘆きが、よろこびが耳に聴き目で見るが如くに表白されてゐる。これに接すれば心は激動し、飽くことを知らない感動の世界へと誘導されるのである。

ここで一言して置きたいことは、例へば釣鐘はそれを撞く人の力量さらには撞き方に応じて音色をかなでるが、力量が乏しく釣鐘を撞く要領を心得ない者がそれを撞いてその音色をもつて釣鐘本来の音色と考へるとしたら誤認も甚だしいこととはねばならない。

私どもは同様の誤りを犯さないやうに常に心を鍛錬し心を高めることに努めなければならないのである。このことを私自身の痛感として記して置きたいと思ふ。

『万葉集』を学ぶに当つて参考とさせていただいた著書は数多い。その中で澤瀉久孝博士著『萬葉集注釋』二十巻（中央公論社刊）を基本として学ばせていただいた。それに著書名は省くことをお許し願つて、犬養孝、五味智英、稲岡耕二、中西進、伊藤博の各先生方の卓説に学ぶところが多かつた。また明治書院刊行の『研究資料日本古典文学』巻五の「万葉歌謡」は極めて貴重な参考文献であつたことを記して置きたい。

「日本の歌」については先師平泉澄博士の高著『父祖の足跡』五巻本（時事通信社刊）に御教を仰ぐところが大であつた。

「日本の歌」は六百字程度と字数に制約があり、意を尽さない点が多い。その点読み加へをお願ひしたいと思ふ。

最後に『万葉集』とつきあふ契機をお与へいただいた福岡県護国神社前宮司、船原儀名誉宮司に心からの謝意を表してやまない次第である。なほ本書の上梓にあたり御高配をいただいた錦正社中藤政文社長をはじめ関係者の方々に衷心より御礼を申し上げて「あとがき」を結ぶこととしたい。

平成十三年二月九日

丸田　淳

著者略歴　大正13年2月9日、佐世保市に生る。國學院大學に学び、昭和23年4月福岡市立百道中学校に奉職。昭和25年3月福岡市立福岡商業高等学校に転任、同59年退職。その間、昭和33年6月、教員組合を脱退、教育正常化運動に従事。昭和38年には教育研究団体「日本教師会」の結成に参画。爾後、常任理事・副会長・会長を歴任。現在、常任顧問。なほ、日本歴史学協会・神道史学会等に所属。

著　　書　「学問と人生」（昭和39）・「ヨーロッパの表情」（昭和42）・「邪説の中に生きて—戦後史の一断面—」（昭和51）・「戦後教育の素顔」（昭和59）・「革命思想の超克—教育改革の指標—」（平成6）等。

住　　所　〒811－0215
福岡市東区高美台1－42－5

電　　話　092－607－6114

万葉《まんよう》への架《か》け橋《はし》
—日本の歌を学ぶよすがに—

定価はカバーに表示してあります。

平成十三年四月二十九日　第一刷発行

著者©　丸《まる》田《た》淳《すなほ》

装幀者　吉野史門

発行者　中藤政文

発行所　錦正社

〒101-0054　東京都千代田区神田錦町一-四-五

電話　〇三(三二九一)七〇一〇

FAX　〇三(三二九一)〇一七〇

印刷所　株式会社文昇堂

製本所　山田製本印刷株式会社

ISBN4-7646-0257-1

【錦正社の好評書ご案内・貳】

※価格はすべて本体価
※図書目録進呈

平泉　澄著
芭蕉の俤　二〇〇〇円
武士道の復活　三五〇〇円
國史學の骨髄　二七九六円
日本の悲劇と理想　一七四八円
先哲を仰ぐ　普及版三〇〇〇円　愛蔵版四〇〇〇円

森清人謹撰
みことのり　二九一二六円

里見岸雄著
天皇法の研究　一一六五〇円

里見岸雄著
萬世一系の天皇　三〇〇〇円

酒井倫子著
神話《あめつち》かるた絵《のうた》ことば　一九四二円

山鹿光世著
山鹿素行　二〇〇〇円

大本営陸軍部戦争指導班
機密戦争日誌
防衛研究所図書館所蔵
軍事史学会編上下全二巻　(分売不可)二〇〇〇〇円

G・モーゲンスターン著・渡邊明訳
真珠湾―日米開戦の真相とルーズベルトの責任―　三〇〇〇円